학교를 떠난 아이들,
지금은 무엇을 하고 있을까

학교를 떠난 아이들,
지금은 무엇을 하고 있을까

초판 발행 ㅣ 2023년 2월 6일

지은이 ㅣ 김양식
펴낸이 ㅣ 신중현
펴낸곳 ㅣ 도서출판 학이사

　　　　출판등록 : 제25100-2005-28호
　　　　주소 : 대구광역시 달서구 문화회관11안길 22-1(장동)
　　　　전화 : (053) 554~3431, 3432
　　　　팩스 : (053) 554~3433
　　　　홈페이지 : http : // www.학이사.kr
　　　　이메일 : hes3431@naver.com

ISBN 979-11-5854-408-9　03810

학교 폭력의 현실과 해결 방안을 위한 길라잡이

학교를 떠난 아이들,
지금은 무엇을 하고 있을까

김양식 지음

學而思 | 학이사

영원한 피해자도 가해자도 없는 학교폭력

대부분의 아이들은 학교에서 하루를 보냅니다. 장난꾸러기들이지만 모두들 예쁩니다. 친구들과 공부를 하고 체험학습이나 체육대회, 축제를 함께 즐깁니다. 그렇게 아이들은 친구들과 함께 웃으며 꿈을 키우고 미래를 상상하며 성장합니다.

언제부턴가 학교폭력이라는 단어가 등장하여 우리 사회를 힘들게 합니다. 학교에서는 폭력을 장난으로 포장하는 아이들이 있습니다. 그 아이들은 상처받은 친구에게 미안함을 갖지 않습니다. 그저 친구 간의 장난으로 생각하기 때문입니다.

장난으로 포장된 폭력이 피해 학생에게는 평생 치유되지 않을 상처로 남을 수도 있습니다. 지금도 상처받은 아이들과 가족들은 두려움을 호소하며 잊히지 않는 고통 속에 갇혀 살아가고 있습니다.

폭력은 그 무엇으로도 합리화될 수 없고 정당화될 수 없습니다. 영원한 가해자도, 피해자도 없는 우리 사회 구성원 모두의 아픔이

자 책임입니다. 그래서 학교폭력의 배경에 학부모와 어른들이 있는 것은 아닌지, 한 번씩 고민하게 됩니다.

학교 현장에는 간혹 뉴스에 보도되는 것 이상의 급박함이 있습니다. 심지어 교육하는 선생님을 폭력의 대상으로 생각하는 아이까지 있습니다. 오랜 경험에 의하면 그 아이의 뒤에는 대부분 학교와 선생님을 믿지 못하는 학부모가 있었습니다.

학교의 이런 현실에 대한 안타까움에 교직 생활에서 경험한 아이들과의 관계를 나름대로 정리하고자 이 책을 엮었습니다. 교사이기 이전에 어른인 저 스스로 달라져야 한다는 생각에 조심스럽지만 경험한 학교 폭력 사례를 알리고, 다 같이 해결 방안을 위해 고민하자는 뜻을 담았습니다.

지금 이 시간에도 학교에서는 많은 선생님들이 학교 폭력을 해결하기 위해 진심으로 노력하고 있습니다. 하지만 아이들의 문제는 학교에서만 노력해서는 해결이 불가능합니다. 가정에서도 함께 힘써 주셔야 우리 아이들이 건강한 구성원으로 성장할 수 있습니다.

많이 부족하지만 선생이란 이름으로 아이들과 생활한 지가 어느덧 30년이 훌쩍 넘었습니다. 이 시간 대부분 학생들의 생활지도를 담당하면서 그들의 아픔과 안타까움을 보았습니다. 가해자든 피해자든 학교폭력으로 얼룩진 아이들, 그들과 마주하며 감동을 느꼈던 순간들을 기억으로 담았습니다.

대부분의 선생님이 원하지 않는 학생부장과 생활지도를 20년 넘게 맡았습니다. 학부모와 보이지 않는 숱한 대립과 갈등의 순간도 있었습니다. 학부모의 어떤 모습이 아이를 바르게 성장하게 하는 것인지, 어떤 모습이 아이들을 힘들게 하는 것인지, 당시에는 말할 수 없었던 것을 여기에 밝힙니다.

무엇보다 아이들은 건강하고 행복해야 합니다. 아이들에게는 공부가 최선이라는 명분도 성립되지 않습니다. 그래서 교육은 눈앞의 이익을 논하는 것이 되어서는 안 된다는 생각입니다. 지금부터라도 아이들 스스로 문제를 해결하고 일어서는 방법을 터득할 수 있도록 우리 사회의 모두가 힘을 모아 주시기를 바랍니다.

2023년 더 새로운 봄을 기다리며
김양식

차례

1부 폭력은 버릇이 아니라 병이다

2부 부모가 달라져야 학생이 변한다

3부 작은 칭찬으로 아이는 변한다

1부

폭력은 버릇이 아니라 병이다

상상을 초월한 패드립

패드립이란 단어가 인터넷 유머사이트인 디씨인사이드에서 시작되어 어느 순간 유행어가 되었다. 패륜과 애드리브를 합친 신조어로 상대의 부모나 조상을 비하하는 패륜적 언어 형태로써 이미 청소년의 문화 속에 깊숙이 파고들었다.

학교에서도 학생들 간에 패드립이 유행처럼 번지며 싸우는 경우가 많이 발생한다. 학생들 사이에서 장난치며 별 뜻 없이 패드립을 내뱉었다가 곤혹을 치르는 사건은 흔한 일인데, 의도적이며 악의적으로 엄청난 패드립을 내뱉은 사건이 발생하였다.

어느 날, 학생 어머니와 누나가 학교로 찾아왔다. 그들은 A4 용지 약 20여 장을 컬러로 인쇄하여 증거자료로 제출하며 학교폭력을 정식으로 신고하겠다고 했다. 자신의 아들과 같은 반의 친구를 가해 학생으로 지목, 휴대전화 문자를 통해 감히 입에 담을 수 없는 패드립을 며칠에 걸쳐 날렸다는 것이 이유였다.

인쇄물에는 어른들의 상상을 초월한 내용, 차마 입에 담지 못할 내용들이 빼곡히 담겨있었다. 그것은 성희롱의 차원을 넘어 성폭력 수준 그 이상으로 차마 더 읽을 수 없어 덮어 버렸다.

어머니와 누나는 흥분과 화를 억누르지 못했고 성적 수치심과 분노가 극에 달해 있었다. 두 모녀는 학교 측에 정식으로 학교폭력을 신고하였고, 곧장 경찰서로 달려가 할 수 있는 모든 조치를 취하겠다며 벼르고 있었다.

사건을 접수하고 학교폭력 매뉴얼에 따라 먼저 가해 학생 부모님에게 전화를 걸어 구체적인 상황 발생에 관한 설명을 하였다. 하늘이 무너지는 소식을 들은 어머니는 회사 일을 중단한 채 급히 학교로 달려왔다.

수심이 가득한 죄인의 입장, 초조한 얼굴의 가해 학생 어머니는 자초지종을 듣고, 아들이 날린 문자 내용을 읽더니 끝내 울음을 참지 못하고 대성통곡을 했다. 가해 학생 어머니는 울음을 멈추고 차분히 피해 학생 모녀에게 무릎을 꿇었다.

"내 배 불러 10개월간 태교 음악을 비롯하여 온갖 정성으로 공들여 낳은 내 아들이 이런 짓을 저지른 것에 대해 더 이상 할 말이 없습니다. 어떤 처벌이든 달게 받겠으나 감히 용서해 달란 말도 하지 못하겠습니다. 그 어떤 말도 할 수 없습니다. 죄송합니다."

무릎을 꿇은 채 눈물범벅의 사죄를 했다. 이때까지만 해도 두 모녀는 이제 경찰서로 달려갈 준비가 되었다며 가해 학생 어머니의 무릎 꿇은 사과에도 등을 돌린 채 그 어떤 반응도 하지 않았다.

얼마의 시간이 흐르고 가해 학생 어머니가 가해 학생을 불러주길 요청하여 아들을 불렀다. 가해 학생 어머니는 아들을 껴안고 한없이 눈물을 흘렸다. "집에서 귀하디귀하게 자란 내 귀여운 아들, 금이야 옥이야 학원 뒷바라지를 위해 묵묵히 앞만 바라보며 힘들어도 아프다 말 한마디 않고 견뎌왔는데, 이런 엄청난 일을 내 아들이 저지를 줄 꿈에도 몰랐다."며 아이를 부둥켜안고 눈물을 흘렸다.

가해 학생 어머니는 아들과 함께 다시 무릎을 꿇었다. 자식을 잘못 키운 부모의 잘못이 크니 어떤 벌도 달게 받겠으며, 자식을 잘못 키운 어미에게도 벌을 내려 달라며 아들과 함께 용서를 빌었다. 순간 말 없는 침묵이 흘렀다.

피해 학생 모녀는 무릎 꿇은 가해 학생과 어머니를 쳐다보지도 않았고 뒤돌아 벽만 바라보고 서 있었다. 눈물의 호소에 아무런 대꾸도 반응도 없었지만 뒤돌아 앉은 채 벽을 바라보며 두 모녀도 조용히 눈물을 훔쳤다.

가해 학생과 어머니, 피해 학생 어머니와 누나 모두가 눈물을 흘리고 있었다. 그런 광경을 지켜볼 수밖에 없었던 나 역시 눈물 없이는 있을 수 없는 상황이 되었다. 자식을 키우는 입장에서 부모 마음이 양측 모두 똑같았을까? 아니면 진심 어린 사과에 마음이 움직인 것일까? 침묵은 오랫동안 지속되었다.

잠시 뒤 피해 학생이 왔다. 가해 학생이 무릎 꿇고 있음에 당황스러워하며 이렇게 일이 커질 줄 몰랐다는 표정이었다. 오히려 피해 학생이 꿇어앉은 가해 학생을 걱정하며 일으켜 세우는 행동에서 두 학생이 친구 사이였음을 보여주었다.

　오랜 침묵 끝에 피해 학생 어머니가 말했다. "아무리 사과한다고 해도 저희들 마음이 변하는 것은 아닙니다. 마음 같아선 지금 당장 경찰서로 달려가고 싶지만, 어머니와 학생의 진심 어린 사과와 반성에 경찰서만큼은 한 번 더 생각해 보겠습니다." 피해 학생의 어머니와 누나는 그렇게 자리를 떠났다.

　이틀 뒤에 피해 학생 어머니로부터 연락이 왔다. 학교폭력 접수를 보류하겠다는 말씀을 조용히 건넸다. 내 아들과 가해 학생이 친구였다는 점, 모자가 진심으로 사죄하며 용서를 빌었던 점, 직접 만나본 가해 학생이 생각했던 것처럼 막돼먹지 않았다는 점, 앞으로 같은 교실에서 함께 지내야 하며 졸업도 함께 해야 한다는 점, 철없는 아이들의 행동이었던 점 등을 이유로 들었다.

　"아직도 문자 내용을 생각하면 잠이 오질 않지만 철없는 아이들의 행동이라 며칠을 더 지켜보겠다." 며 조용히 말씀하였다.

　진심 가득한 눈물의 사죄가 통했을까? 그해가 지나도록 피해 부모님께서는 그 어떤 조치도 처벌도 원하지 않았다. 물론 가해 학생과 피해 학생은 언제 그런 사건이 있었냐는 듯 서로 장난치고 뒹굴며 개구쟁이에 말썽은 변함이 없었다.

　요즘 대부분의 아이들은 자신의 잘못에 대해 사과할 줄 모른다. 아이들 세상은 뒹굴어도 좋고 개구쟁이에 말썽꾸러기여도 좋다.

다만 자신의 행동이 잘못되었다면 이유를 따지고 상대를 탓할 것
이 아니라, '미안해'라는 진심 어린 한마디 할 수 있는 교육이 절실
한 때이다.

한여름의 학생야영장에서

20여 년 전만 해도 학생야영은 아이들이 직접 텐트를 치고, 끼니마다 메뉴를 정해서 밥을 짓기도 하고, 찌개도 직접 끓여 먹었다. 산골이나 한적한 시골 폐교를 야영장으로 개조하여 밤이면 기온이 급속도로 떨어져 추위에 감기에 걸리는 아이들도 적지 않았다.

전교생 수가 몇 되지 않은 시골 학교에서는 자체 계획을 수립하기도 했다. 교내에서 숙박하면서 학교 주변 하천에서 수영도 하고, 물고기를 잡아다 전교생이 매운탕을 끓여 먹기도 하였다. 그야말로 자연 속 학생야영이었다.

세월은 흘러 학생야영에도 많은 변화가 있었다. 폐교를 활용한 야영장, 텐트와 막사를 대신하여 최근에는 많은 예산을 들여 리조트급 야영장이 지역 특색에 따라 다양하게 건설되었다.

학생 수가 몇 되지 않는 시골 학교는 야영장의 활용도를 높이기 위해 인원수가 적은 서너 개 학교가 모여 야영을 하는 것은 당연한 논리가 되었다. 문제는 서로 다른 지역 학교가 몇 개 모여 야영 활동을 하다 보니 아이들끼리 기 싸움은 물론 크고 작은 충돌이 끊이지 않았다.

한적한 시골 중학교 근무 시절이었다. 전교생이라야 고작 40명이 채 되지도 않는데 야영 활동은 2학년뿐이라 12명이 전부였다. 학교의 임무는 리조트보다도 더 훌륭한 시설의 야영장에 학생들을 인솔하여 입소를 시키고, 수료가 끝나면 데리고 오는 것이었다.

야영 활동은 입소식을 시작으로 수료식까지 전문 강사 요원들이 맡는다. 학생들은 짜여진 프로그램별 교육과 마지막 날 밤 하이라이트인 그들만의 레크리에이션까지 빽빽한 일정을 소화한다.

전문 강사 요원들은 아이들이 잠든 야간에도 교대로 학생들을 관리한다. 인솔 교사는 그저 아이들이 다치지는 않았는지, 행여 타 학교 학생들과 충돌은 하지 않는지 곁에서 지켜보며 아이들을 격려하는 일이 전부였다.

그러던 어느 날 우려하던 사건이 발생하고 말았다. 아침 식사를 마치고 각 호실 앞 복도에 집합하여 강사 인솔하에 교육 장소로 이동하던 중 우리 학교 학생이 타 학교 학생과 작은 시비가 붙어 주먹을 휘두르고 말았다.

결과는 심각했다. 주먹을 휘두른 학생은 덩치가 꽤 컸으나 맞은 학생은 나이에 비해 덩치가 작은 학생이었다. 어떤 이유이든 순간 화를 참지 못하고 주먹을 휘둘러 코뼈가 내려앉고 얼굴이 찢어지는 사건이 발생한 것이다. 전문 강사 요원들은 많은 학생들을 인솔하던 중 워낙 순간적으로 발생한 사건이라 목격조차도 할 수 없었다고 진술하였고, 얼굴의 상처가 심각하여 급히 병원으로 이송하였다는 연락을 받았다.

순간 가슴이 또 답답해졌다. 가해 학생은 어려운 가정형편에 부모님이 계시지만 돌볼 수 없는 환경으로 외부 시설에 수용된 학생이었다. 어제는 조용했었는데 결국 사건은 우리를 비켜 가지 않음을 원망하며 앞으로 펼쳐질 수습 과정과 치료비 등 감당해야 할 걱정들을 한탄하며 병원으로 달려갔다.

병원에 도착하니 생각보다 피해 학생의 상태가 훨씬 심각했다. 읍내 병원은 치료가 되지 않으니 시내 큰 병원으로 가서 수술해야 한다고 했다. 병원 입구에서 한숨을 쉬고 있는 피해 학생 아버지를 만났다. 짧은 머리에 알록달록 남방에 샌들, 손지갑을 든 모습까지 지역에서 꽤 잘나가는 깍두기를 연상케 하는 이미지였다. 순간 사건 해결이 순탄하지만은 않을 것 같은 예감에 걱정이 앞섰다.

사건 소식을 학교에 보고하고 오후 일정은 예정대로 진행되었다. 해 질 무렵 교장, 교감 선생님이 아이들 위로차 치킨과 간식들을 사 들고 야영장을 방문했다. 관리자들은 야영장 소장실에 인사차 들르는 것이 관례라, 가장 먼저 야영장 소장실을 찾았다. 서로 인사를 나누고 차 한 잔이면 10분 내외 끝나는 것이 일반적이나 약 한 시간이나 지나도록 오랜 시간 소장실에서 나오지 않았다.

오랜 시간이 지나 소장실을 나온 두 분은 안에서 있었던 이야기를 했다. 결국 책임 소재의 문제였다. "아침에 일어난 폭행 사건은 학교에서 야영장에 학생들을 위임하였으니 야영장 측 책임이다.", "아니다, 아침 시간은 이동시간이라 교육활동 중이 아니었으니 야영장에서는 책임이 없다.", "분명 학생들의 이동을 위해 학생들을 복도에 집합시켰고 그들을 인솔한 것이 야영장 측이다." 등 책임을 두고 분쟁 시간이 길어진 것이라 했다.

참으로 한심하기 그지없었다. 도대체 이들은 누구를 위해 존재하는 사람들인가? 사건 해결을 위한 서로의 입장 차이를 논하는 것도 아니고 책임 소재를 놓고 학교와 야영장 측이 왈가왈부 따지고 있었다니 실망감은 이루 말할 수 없었다.

사건 해결을 위해 수술 잘하는 병원을 백방으로 알아보고 피해자 측 부모님을 만나 사과와 피해 보상 등 할 수 있는 모든 일을 총동원해 추진하고 걱정해야 할 사람들이 아니던가. 그런데 '우린 아무 책임이 없소' 이렇게 따지고 있었다니, 다들 제정신인가 하는 생각이 들었다.

도대체 왜들 이러는가? 관리자의 자격이 무엇인가? 겉으로 드러내지는 않았지만, 지금 생각해도 그때의 상황은 이해되지 않고, 아직도 생각만 하면 화가 치밀어 오른다.

그날 저녁 학교 측에서 준비해 온 치킨과 간식거리로 아이들이 즐기고 있을 즈음 피해 학생 아버지로부터 인근 도시의 큰 병원에 다녀오는 길이라며 전화가 왔다. 얼굴이 부어있어 현재 수술이 불가능하며 붓기가 빠져야 수술이 가능하다고 하더라고 했다. 그러면서 가해 학생을 꼭 한번 만나고 싶다는 것이었다.

순간 불길한 예감이 들었다. 피해 학생 부모 입장에서는 억울하고 화가 치밀어 성질대로 하고 싶은 마음이겠지만, 세상이 어디 그런가? 그 심정 백 번 이해하지만 화가 난 학부모가 가해 학생을 폭행하는 사건이 종종 발생하여 또 다른 더 큰 사건이 발생할까 걱정이 되어 이러지도 저러지도 못하는 상황이었다.

학생 안전을 위해 야영장에서 만나기를 제안하였으나 "얼굴이 퉁퉁 부어오른 내 새끼 데리고 야영장 가고 싶지 않다."고 했다. 하는 수 없이 다른 곳에서 가해 학생을 데리고 일단 만나겠다며 약속을 정했다. 물론 이런 상황을 가해 학생의 시설 원장님에게 말했고, 피해 학생 아버지의 심정을 헤아려 선생님이 동행하는 조건으로 허락을 했다.

아침에 잠시 보았던 그 모습과 분위기에 혹시 모를 돌발 사건에 대비하여 마음의 준비와 긴장감을 늦추지 않았다. 약속 장소로 가는 동안에도 가해 학생에게 무조건 '잘못했습니다. 죄송합니다'라고 진심 어린 사과를 하라고 단단히 교육시켰다.

야영장과 비교적 가까운 어느 바닷가, 주변에는 건물도 주택도 아무것도 없는 한적한 곳에 차 한 대가 기다리고 있었다. 우리 차가 도착하니 피해 학생 아버지가 차에서 나왔다. 가해 학생이 내릴 때 혹시 모를 사태에 대비해 나 역시 따라 내렸다.

순간 가해 학생이 피해 학생 아버지에게 다가가더니 바짓가랑이를 붙잡은 채 꿇어앉아 "아버지, 죄송합니다. 제가 잘못했습니다. 엉엉엉~" 하고 통곡을 하는 것이 아닌가? 덩치 큰 녀석이 통곡을 하니 울음소리가 너무나 쩌렁쩌렁하여 내 가슴에도 감정이 북받쳤다. 한참을 바짓가랑이 붙들고 울어대던 아이를 내려 보시던 피해 학생 아버지가 말했다.

"야, 임마! 덩치도 큰 녀석이 저 조그마한 녀석 때릴 데가 어디 있다고 때렸어? 내가 널 보자고 한 이유는 네가 세상 살아가면서 똑같은 실수를 행여 또 저지를까 보자고 했다."

그렇게 가해 학생에게 한마디 던지고는 한참 동안 밤하늘만 쳐다보았다. 그렇게 한동안 아무 말도 없었다.

피해 학생 아버지의 마음을 이해할 수 있었다. 퉁퉁 부어오른 내 새끼 얼굴을 보면 화가 머리끝까지 치밀어 오르지만 어린 가해 학생을 두고 이러지도 저러지도 못하는 심정, 피해 학생 아버지의 한숨 소리가 무엇을 의미하는지 충분히 느낄 수 있었다.

한참의 시간이 지나 피해 학생 아버지가 말했다.

"너 어려운 환경에서 힘들게 살아간다는 소리 들었다. 이번 일을 계기로 두 번 다시 이런 실수 없도록 해라."

꿇어앉아 있던 피해 학생을 조용히 일으켜 세우고는 차 안에 있던 아들을 불러냈다. 덩치가 작고 장난꾸러기 같은 모습이었다.

"야, 임마! 둘이 서로 미안하다고 악수해!"

가해 학생이 손을 내밀었지만 피해 학생은 끝내 손을 내밀지 않았다. 피해 학생 아버지는 애써 화를 참으면서 기어코 가해 학생을 용서했다.

그날 밤 늦게 알았지만 시내 종합병원에서 가해 학생의 시설 원장님과 사무장님들이 총출동하여 피해 학생의 아버지를 만났다고 한다. 치료비와 훗날 성형수술까지 책임을 지겠다, 부모가 계시지 않고 할머니 손에 키워진 아이라며 진심 어린 용서를 구했다고 했다.

이튿날 피해 학생 아버지에게서 전화가 왔다. 지난밤 화가 가라앉지 않아 한숨도 못 잤다며 "가해 학생을 보면 마음이 약해져 용서했다가도 내 아이를 보면 또 화가 치밀어 오른다."고 했다. 그 심정을 충분히 이해할 수 있었다. 그렇지만 환경이 어려운 아이를 위해 기꺼이 용서해 준 학부모가 고맙기만 했다.

그 후 수술이 잘되었다는 연락을 받았다. 생각보다 얼굴 상처가 깊지 않아 성형수술은 하지 않아도 된다는 연락도 받았다. 가해 학생은 심리적 안정을 위해 Wee클래스 정기상담을 겸하였다.

참을성 없는 아이들의 경솔한 행동, 피해 학부모님의 선처와 용서는 우리 모두에게 신선한 교훈을 던져 주었다. 폭력은 피해자든 가해자든 그들에게는 평생 아픈 기억과 상처로 남는다는 것을 잊어서는 안 된다.

아이들이 요구하는 합의금

크든 작든 사건이 발생하면 피해 금액이 발생할 수도 있다. 폭력 사건이 그렇고 절도나 물건 파손, 금품 갈취 등이 이에 속한다. 같은 학교 학생이 무면허 오토바이 운전을 하면 의도적으로 따라가서 부딪쳐 합의금을 요구하는 학생, 옷이나 자전거 등을 빌려주고 흠집이 생겼다며 금품을 요구하는 학생, 후배를 집에 초대하고는 옷걸이가 네 몸에 부딪혀 파손되었다며 일정 금액을 요구하는 학생, SNS 허위 물건 매매 후 돈만 받고 잠적하는 학생 등은 금품 요구 상황을 의도한 것이다.

식당에서 식사하다가 이물질이 들었다며 협박성 금품을 요구하는 행위, 초등학교 앞 민식이법을 악용한 의도적 차량 접촉 사고 등은 어린 학생들에 의해 의도된 사건이라고 보기에는 왠지 마음이 무겁기만 하다. 더욱 마음을 아프게 하는 것은 학생들이 의도적으로 경찰에 신고하겠다며 으름장을 놓는가 하면 "이거 민식이법 적용되지 않나요?" 하며 은근슬쩍 협박한다는 것은 기가 막힐 노릇이다.

학생들에게 금품을 요구하는 말썽꾸러기 학생이 있었다. 상습 흡연에 지각, 이성 문제와 학교폭력도 몇 건 연루되었던 학생이었다. 그때마다 다행히 발 빠르게 대처할 수 있도록 안내하여 사전에 잘 마무리되어 큰 징계는 막을 수 있었다. 말썽이 잦으니 담임선생님은 학생 아버지에게 학교 방문 상담을 요청하였고, 학생부실 상담도 자연스레 연결되었다.

그 학생의 아버지는 아들 성격을 잘 알고 있었다. 심지어 어떤 말썽을 주로 일으키는지도 너무나 잘 알고 있었다. 상담 중 결정적인 계기가 된 사건을 말했다. 어느 분식점에서 아들이 음식을 먹다 주인과 시비가 붙었던 모양이다. 그 과정에서 옥신각신 다툼이 시작되었고, 화가 난 사장님이 음식을 튀기던 뜰채를 한두 차례 휘둘렀다고 했다.

학생은 뜰채에 맞았고 곧바로 경찰에 신고를 하였다. 아버지가 달려왔고, 경찰서에서 분식점 사장님과 아동 폭행에 대한 합의가 성립되었다. 적지 않은 합의금으로 아버지는 아들에게 옷과 필요한 물품을 사 주었다.

그것이 문제였다며 큰 후회를 했다. 아들 녀석이 분식점 사건 이후 친구들 간의 다툼 문제나 오토바이 무면허 학생을 따라가 의도적으로 문제를 일으켜 합의금을 요구하는 등 사사건건 돈으로 해결하려는 생각과 행동이 강하게 나타난다는 것이었다.

그 학생에게는 그 외 크고 작은 사건들이 몇 건 더 발생하였다. 학교폭력에 연루되어 피해 학생 변호사가 조사차 학교를 찾아오기도 하였고, 여학생을 가볍게 폭행한 사건 등이 발생하였으나 발 빠른 대처와 안내 덕분에 학교장 종결로 마무리한 일도 있었다.

그쯤 되니 그 학생이랑 많이 가까워지게 되었다. 상담 때면 가끔 장난삼아 머리를 감싸기도 하고 애정 표현도 서슴지 않았으며, 아이들 눈높이에서 장난을 하기도 했었다. 그럴 때면 옆에 있던 친구들이 재밌다는 듯이 깔깔 웃기도 하고 어떤 아이들은 "저도 해주세요." 하기도 하였다.

약 2주의 시간이 흘렀을까? 그 학생이 또 다른 사건의 가해자가 되어 조사하는 과정이었다. 갑자기 선생님에게 폭행을 당했다고 소리 지르며 난리였다. 그때 장난이 아팠다며 폭행이라고 난데없이 소리 지르고 억울하다는 표현을 하였다. 주변 친구들마저 선생님의 장난기에 웃었던 기억과 선생님을 상대로 폭행이라 주장하는 점에서 황당함을 감추지 못했다.

결국 아버지를 학교 상담차 오게 했다. 현재 진행 중인 사건에 대한 상담과 선생님에게 폭행당했다며 소리 지르는 것에 대한 상담이었다. 아버지는 더 이상 아들을 상대하지 않았다. 아들이 어떤 생각을 하고 있는지 훤히 꿰뚫고 있었다.

과연 학생이 선생님을 대상으로 폭행이라며 합의금이라도 요구하고 싶었던 것일까? 아버지는 아들에 대해 화를 많이 내면서 다시 한번 분식점 사건을 크게 후회했다. 아들이 잦은 말썽을 일으켜 죄송하며, 언제나 사건을 잘 마무리해 주심에 대한 감사의 말씀도 잊지 않았다.

그날 이후 학생은 몇 달 남지 않은 졸업 때까지 나에게 인사는커녕 눈도 마주치지 않았고, 졸업과 동시에 인근 특성화 고등학교에 진학하였다. 고등학교 진학 후 봄이 채 떠나가기 전 어느 날 퇴학에 앞서 스스로 자퇴했다는 소식과 함께 퀵서비스 아르바이트를 하고 있다는 소식을 들었다.

어떤 날은 아침 등굣길 교문 앞 도로와 학교 진입 골목길에 오토바이를 타고 굉음을 내며 이리저리 비틀거리며 학생들에게 위협을 가하기도 하고, 학교 정문 앞에서 퀵서비스 동료들과 흡연도 서슴지 않았다. 학교 정문 앞 오토바이 과속이 벌써 여러 차례, 오토바이 과속 행위를 동영상으로 촬영하여 학생들의 안전을 위해 또 다시 위협적 행위가 발생하면 경찰에 신고하겠다며 그의 친구들을 통해 으름장을 놓기도 했다.

경찰에 신고하겠다는 경고가 무서웠을까? 그날 오후 모교가 그립고 선생님들이 보고 싶다며 대여섯 명의 졸업생들이 함께 학교를 방문하였다. 그 속에 그 친구가 포함되어 있었다. 졸업 전 학교에서 인사도 하지 않던 녀석이 친구들과 학교를 방문했다.

학생들과 이런저런 대화를 주고받았다. 중학교와 고등학교의 가장 큰 차이점은 선생님들의 지나친 관심과 자상함이라고 했다. 중학교 시절 선생님들의 지긋지긋했던 잔소리가 관심이라는 것을 고등학교 진학 후 알게 되었다고 했다.

중학교에서 선생님에게 막말과 상습 지각, 결석과 흡연을 일삼던 아이들이 "중학교는 아무리 사고를 쳐도 퇴학이 없었지만 고등학교는 퇴학이 있어요."라며 어느 정도 고등학교의 긴장감에 적응된 분위기였다. 점심시간을 지나서 찾아온 아이들이 점심을 먹지 않았다고 해 햄버거와 음료수를 시켜주었더니 너무나 잘 먹는다.

별말이 없이 있던 그 친구, 미안함은 있었을까? 그 아이에게는 아버지의 안부와 일찍 학교를 그만둔 미래의 계획을 물어본 것이 전부였다. 자신의 감정을 이기지 못해 자퇴한 것을 벌써 후회한다는 눈치였다. 어쩌면 이른 아침 등교하는 아이들이 부럽고 학교가 그리워 학교 주변을 서성인 것일지도 모른다는 생각이 들었다.

만만하게만 보던 현실 앞에 미래는 얼마나 힘들고 험난한 세상이 기다리고 있는지 아주 조금이라도 느꼈으면 좋겠다는 마음이었다. 내년 재입학에 대한 확신은 없지만 현명한 판단으로 작은 일에도 감사하며 세상 살아가길 바라는 마음 간절했다.

학교폭력 피해 학생과 가해 학생의 진로

어느 날 아침 등굣길에 인근 지구대에서 전화가 걸려 왔다. 우리 학교의 한 여학생이 수면제를 과다 복용하고 겁이 나 스스로 지구대에 신고하였다는 것이었다. 지구대에서는 부모님과 학교에 연락하여 즉시 병원으로 이송하였고, 학교에서도 병원을 방문하고 긴급회의를 소집하였다. 다행히 과다 복용이 아니라 소량의 수면제 복용으로 인체에 아무런 지장이 없었고, 정상적인 생활에도 문제가 없었다.

그 여학생은 평소 말이 없었지만 학교생활에 별다른 문제가 없었다. 교우관계도 좋았으며 성적도 우수한 여학생이었다. 부모님은 청천벽력 같은 소식에 회사에서 정상적인 근무가 될 리 없었다. 며칠이 지나고 아버지가 조용히 학교에 찾아왔다. 같은 반 여학생이 지난 학년 때부터 지속적으로 괴롭힌다는 것이었다.

때와 장소를 가리지 않고 연락을 하면 즉시 답을 해야 했고, 이행되지 않으면 엄청난 욕을 들었다고 한다. 심지어 늦은 밤에도 연락이 닿지 않으면 밤새 욕설과 협박에 시달렸다고 했다. 학교에서도 그녀가 시키는 일이면 무엇이든 해야 했으며, 비위를 맞춰줘야 했다고 한다. 담임선생님도 그들의 관계를 전혀 눈치채지 못할 정도로 남들이 보기에는 그냥 친구 사이로 위장되었던 것이었다.

가해 여학생은 비교적 덩치가 큰 여학생이었다. 가끔은 수업 시간에 선생님의 지시를 무시하고 선생님을 째려보는 등의 반항기는 있었지만 그다지 큰 문제가 발생하지는 않았다. 그 학생을 불러 상담을 실시했다. 자신이 한 행동에 대해 대부분 인정했고, 학교폭력 심의 대상자임을 알려주었다. 그런데 갑자기 피해 여학생이 자퇴를 희망하고 학교를 나오지 않았다.

피해 학생의 아버지는 딸에 대한 걱정으로 출근길에 수시로 학교에 들러 담임선생님에게 하소연하였으며, 학생부에 찾아와 "제발 우리 아이 학교에 다니게 해 달라."고 부탁하였다. 나 역시 여학생과 통화하며 여러 차례 말렸지만 통하지 않았다.

며칠 되지 않아 아버지와 여학생이 자퇴서를 제출하기 위해 학교를 방문하였다. 자퇴서야 며칠 더 있다가 언제든 제출하면 되니 "한 번 더 생각하고 고민하고 결정하자."며 아버지와 여학생을 말려 서류만 받아두고 집으로 돌려보냈다.

학교 측에 학교폭력 피해 학생의 심리적 안정을 위한 치료 목적으로 병 결석 처리를 요청하고 약 두 달간 생각할 시간을 주었다. 가장 큰 걱정은 혼자 있는 시간이 길어지면 별별 생각에 혹시나 나쁜 마음을 먹지나 않을까 하는 것이었다. 부모님 걱정은 이루 말할 수 없었다.

매주 수요일 오후 조용히 피해 여학생의 집 부근을 찾아 면담을 요청하였다. 처음에는 귀찮은 듯 찾아오는 자체를 거부하며 말이 없던 학생이 세 번째 방문 순간 말문을 열기 시작했다.

"선생님, 괜히 저 때문에 찾아오시고 귀찮게 해서 죄송해요."

그렇게 말하는 그 여학생이 그저 고맙고 기특했다. 아직은 아무것도 하지 않고, 집 안에만 있다고 했다. 어머니는 딸이 걱정되어 직장도 그만둔 채 혹시 모를 일에 딸의 곁을 지키고 있는 것 같았다.

학교 이야기는 가급적 하지 않았지만 취미 활동과 하고 싶은 것들을 하나씩 할 수 있도록 권하기도 하고, 아빠와 여행도 권했지만 실현 가능성은 없어보였다.

한 달이 지날 즈음 그 여학생은 미소를 띠기 시작했다. 아파트 안 커피숍도 안내하였고, 아빠랑 자주 갔었다던 뒷고기 집에서 저녁을 함께 먹기도 했다. 이제는 하고 싶은 대화를 맘껏 하였고, 그 여학생을 위한 진로 상담도 놓치지 않았다. 내심 검정고시 합격하여 친구들과 똑같은 연령에 대학 진학하기를 권했지만 생각해 보겠다는 대답만 돌아왔다.

그렇게 약 두 달간의 시간이 흐른 어느 날 아버지와 함께 자퇴서를 제출하기 위해 학교를 다시 방문하였다. 실낱같은 희망으로 자퇴를 만류하였지만 끝내 자퇴서를 제출하였다. 학생의 아버지는 그동안의 심정을 털어놓았다. 혹시 내 딸이 나쁜 생각을 하지는 않을까 하는 생각에 아무 일도 하지 못했다며, 학교에 대한 불만도 함께 이야기했다.

처음 사건이 발생하고 딸아이가 학교 가기를 거부할 때 학교에서 자퇴를 권유한 것에 대한 불만이 매우 컸다고 했다. 내 딸이 학교폭력 피해자인데 왜 자퇴를 해야 하는가에 대한 불만이었다. 하지만 부모 역시 딸의 자퇴를 이기지 못했던 것이다. 그리고 마지막으로 나에게 감사의 인사를 전했다.

"선생님께서 내 딸에게 많은 관심과 힘을 실어주셔서 이제 정상적으로 돌아온 듯합니다."라며 감사의 뜻을 감추지 않았다. 이제는 하고 싶은 것을 찾아 학원에 등록하였고, 음악을 듣기도 하고 집안일을 도우며 오히려 엄마, 아빠 건강 걱정을 한다고 했다.

그 후 가끔씩 그 여학생에게 전화를 걸어 지금의 상황과 진로에 대한 소식을 전해 들었다. 검정고시는 아예 시작조차 하지 않았고, 방송통신고등학교에 진학했다는 소식과 그곳에서 좋은 친구들도 사귀고 있다며 좋아했다. 이듬해 대구 어느 대학 물리치료학과에 입학하여 전공과목이 너무 어렵고 힘들다며 투덜거리는 모습은 졸업 후 취업을 걱정하는 여느 대학생과 다를 바 없는 꿈 많은 모습이었다.

"지난번에는 뒷고기 먹었지만 이제는 소주에 앞고기 먹자."

"선생님, 당연하죠. 이제는 소주가 있어야겠죠?"

재잘재잘 수다 떠는 그 모습이 고맙게만 느껴지는 학생이었다.

당시 가해 여학생에게도 혹독한 시련이 기다리고 있었다. 가해 여학생은 마음이 편하지 않았던지 사건 이후 장문의 사과 편지를 써서 전달을 요청해 왔다. 물론 편지는 전달되었지만 그것으로 피해 학생을 달래기에는 턱없이 부족했다. 피해 여학생은 같은 교실에서 가해 여학생과 마주치는 자체를 싫어했다.

그 후 학교폭력심의위원회 결과 1년 6개월 이상의 지속적인 괴롭힘과 피해 학생이 수면제를 먹기까지의 과정을 심각하게 받아들였고, 가해 학생 가족들의 진심 어린 반성과 합의의 태도가 부족함을 지적하여 결과는 퇴학이었다. 가해 학생의 가족들은 즉시 재심을 청구하였다. 재심 결과 원심을 뒤집지 못하고 결국 퇴학 처분을 받았다.

그렇게 그해는 피해 학생도 가해 학생도 모두 학교를 떠나는 안타까운 해가 되었다. 가해 여학생은 이듬해 퇴학 처분을 받았던 그 학교에 재입학하였다. 고등학교 3학년이 되어야 할 나이에 다시 입학한 것이다. 두 해나 어린 후배들과 함께 학교를 다닌다는 것이 결코 쉽지 않았을 결정이었겠지만 역시 후배들 틈에서 너무나 잘 견뎌주었다. 졸업 후 자신이 원하는 취업이 이루어졌고, 그곳에서 성실히 업무에 임하고 있다는 소식도 들었다.

어쩌면 두 학생 모두 어린 나이에 힘든 상황을 겪었다. 하지만 끝까지 학교를 포기하지 않고 진로를 개척한 것은 참으로 기특하고 대견스러웠다. 그들에게 박수를 보낸다. 성인이 된 두 학생 모두 건강한 사회의 일원이 되기를 진심으로 바란다.

학교폭력, 저지른 아이들이 다시 저지른다

요즘 학교에서는 학교폭력 사건을 가장 골치 아프게 여긴다. 사건을 처리하는 과정에서 가해자와 피해자를 조사해야 하고, 즉시 학부모에게 사건 경위를 알려야 한다. 또 조사 과정에서 목격자 진술을 확보해야 하고, 가해자와 피해자의 억울함이 없도록 진행해야 한다. 행여 가해자라 할지라도 피해 사실은 없는지, 맞고소는 원하지 않는 것인지, 분명하게 짚어야 한다.

일방적 폭행이나 따돌림을 받았다면 피해 학생에게 즉시 분리에 관한 의사를 물어보고 결과에 따라 3일간 즉시 분리의 조치를 취해야 한다. 또 사건 인지 즉시 48시간 내 교육청에 신고접수를 해야 한다. 여기까지는 행정적 업무 절차에 따라 진행되어 문제없으나 별난 학부모를 만나게 되면 진통을 치러야 한다.

"왜 학교는 아이를 그따위로 관리하느냐?", "지난해도 비슷한 사건이 있었는데 조치를 제대로 하지 않았느냐?", "왜 진작에 이런 사실을 알리지 않았느냐?", "왜 일방적으로 한 학생의 편에서 말하느냐?" 등 모든 원망이 담임과 학교로 돌아온다.

경우에 따라서는 무슨 원수를 찾아오듯이 학교에 오기도 한다. 심지어 학교를 방문할 때 혼자 오지도 않는다. 외삼촌, 삼촌, 큰아버지, 고모, 이모 등 가족 관계라 하기에는 말투도 다르고 전혀 닮지도 않은 사람을 한두 명 동반해서 나타난다.

먼저 담임선생님을 만나 상담한다. 화가 나서 방문 상담을 요청하는 학부모의 공통점은 동반자와 함께 등장하며, 핸드폰을 꺼내 놓거나 만지작거리며 상담 내용을 녹취부터 한다. 뭐든 꼬투리 잡히면 물고 늘어지겠다는 감정과 반드시 약점이라도 잡고야 말겠다는 전투태세다.

담임을 맡은 선생님은 비교적 교직 경력이 짧고 사회적 경험이 부족한 사람이 많다. 힘들고 험한 세상을 경험하지 못하고 대학 졸업 후 임용고시 합격을 위해 공부만 하던 사람들이다. 아이들의 크고 작은 말썽을 접하게 되면 몹시 당황스러워 하며, 어떻게 처리해야 할지 몰라 어려움을 호소하는 경우가 많다.

특히 화가 잔뜩 난 학부모를 상대하기란 부담스럽지 않을 수 없다. 학부모들을 설득하고 이해하는 과정에서 고함과 욕설을 듣고 속상한 마음을 추스르지 못해 눈물을 흘리는 경우도 흔히 발생한다.

사업하는 이들과 가끔 술자리를 하면 돈 버는 일이 가장 더럽고 힘들다면서 술기운에 하소연하는 경우가 있다. 물건을 생산하는 일이나 기술 부문이 부족한 것 등은 극복할 수 있으나 사람 상대만큼은 너무 힘들고 어려워 스트레스가 이만저만이 아니라는 말이다.

학교에서도 마찬가지다. 가장 힘든 부분은 학교폭력의 발생 건수보다 학부모와의 상담과 요구 사항을 만족스럽게 처리하고, 불평불만 해소와 민원 처리에 관한 답변을 깔끔하게 해내는 것이다. 그런데 그것이 결코 쉽지 않다. 때로는 학교폭력 심의에 불복하여 재심을 청구하는 경우, 학교를 상대로 민원과 법적 조치까지 요구하는 학부모들을 만나게 되면 교직 생활을 하루라도 빨리 끝내고 싶다는 신세 한탄에 더해 실제로 정신과 치료를 받는 교사도 적지 않다.

학생들이 선도위원회와 학교폭력에 연루되는 경우를 살펴보면 두 가지 모두 얽혀있는 학생들이 많다. 즉, 크고 작은 말썽을 일으키는 아이들이 학교폭력의 가해자나 피해자로 연관되는 경우가 많다는 것이다.

한 해 동안 학교폭력 사건의 가해자로 4~5회 접수되는 학생들도 가끔 있다. 학교 복도에서, 등하교 길에서, SNS를 통해서, 기분에 따라, 감정에 따라 시도 때도 없이 저지른 학교폭력은 학교 업무를 제대로 할 수 없을 지경에 이르기도 한다.

학교폭력을 3회 이상 저지른 아이들은 미안함이나 반성하는 태도 역시 찾아볼 수 없다. 오히려 교묘한 트집을 잡아 맞고소하거나 회피성 거짓말로 순간을 모면하려는 잔머리를 일삼는다.

여학생도 다르지 않다. 여기저기 친구들과 어울려 다니면서 마음에 들지 않는 대상이 있으면 막말을 일삼고, 뒷담화에 욕설과 확실치 않은 일들도 마치 진실처럼 왜곡하여 퍼뜨리기도 한다. 문제는 그렇게 욕설과 뒷담화를 일삼는 학생들이 매번 같은 부류의 친구들이거나 같은 학생들이라는 것이다.

학부모도 다를 바 없다. 자신의 아들이 저지른 행위에 대해 용서를 구하고 반성하는 태도를 보이기보다 자식 얘기만 듣고 상황의 심각성을 왜곡하는 경우와 감정적으로 치닫는 경우가 많이 발생하여 안타깝기 그지없다.

고등학교의 경우는 자퇴와 퇴학이 있어 다르겠지만 중학교의 경우는 많이 다르다. 의무교육이라는 굴레 속에서 아이들은 교육법령을 방패삼아 무서운 것이 없다. 행여나 범죄를 저지르더라도 자칭 촉법소년이라는 점을 악용하여 법적제재가 크지 않다는 것도 너무나 잘 알고 있다.

사회의 법이 잘못되었다는 것이 아니라 다람쥐 쳇바퀴 돌듯 학교폭력을 저지르고도 반성하지 않는 아이들이 성인이 되어 대물림으로 나타나지 않을지, 또한 그들이 학부모가 된다면 눈앞에 펼쳐질 뻔한 광경에 걱정하지 않을 수 없다.

아이들의 이상한 게임

고등학교 신입생 입학 후 며칠 되지 않아 인근 중학교에서 연락이 왔다. 여학생과 연관된 학교폭력에 대한 조사 협조 요청으로, 두 남학생에 대한 정보를 요청했다. 입학하기 전 겨울방학 때 일어난 사건이었지만 피해자 측과 합의가 이루어진 점을 감안하여 학교장 종결로 마감하였다. 하지만 두 남학생들의 크고 작은 말썽이 끊이지 않았다.

이성에 일찍 눈을 뜬 학생들은 남학생이든 여학생이든 일찍부터 교제를 시작한다. 이상한 소문들이 나돌기도 하고 때로는 소문을 퍼뜨린 학생을 대상으로 명예훼손에 관한 학교폭력으로 신고하는 사례도 종종 발생한다.

여학생들의 소문은 조심스럽다. 사실 여부를 따지기 전에 아이들의 소문은 일파만파로 번져간다. 소문은 남학생보다 여학생들의 입에서 자주 오르내리며 때로는 입이 가벼운 남학생들에 의해 소문이 오르내리기도 한다.

학생들의 이성 관련 문제는 언제나 신중하고 조심스럽다. 학생 대상 성폭력 문제가 발생하면 학교에서는 상대가 누군가를 막론하고 신고 의무를 지니고 있다. 성폭력 문제는 가해자와 피해자의 진술이 엇갈리는 경향이 많아 경찰에서도 사실 여부의 판단과 사건 처리에 곤혹을 치른다고 한다.

학교는 더욱 어렵다. 수사권이 없어 학생들이 쓴 경위서 내용을 토대로 사실 여부를 결정할 뿐, 할 수 있는 것은 아무것도 없다. 아이들 이성 문제로 선도위원회를 개최할 수도 없으며, 그렇다고 말썽이 된 사건을 그냥 모른 척하는 것도 쉽지 않다. 문제는 남학생이든 여학생이든 소문이 나돌아도 관심 없고 나 몰라라 하는 아이들이 많아 청소년들의 이성 관념이 많이도 변하고 있음을 보여준다.

고등학생들이 수업 후 술을 구입하여 남녀 학생들이 무더기로 모텔 방에 들어가 음주와 흡연으로 시간을 보낸 뒤 귀가한 사건이 발생하였다. 문제는 청소년들이 무인텔을 쉽게 출입할 수 있다는 점이다. 돈벌이가 되지 않으니 숙박업체 주인들이 미성년자 투숙을 눈감아 주고 있다는 사실에 화가 나지 않을 수 없었다.

어느 날 남학생 서너 명이 술을 사 들고 늦은 밤 모텔 방을 찾았다. 당연히 미성년자 출입이 되지 않겠지만 아이들 말에 의하면 무인텔이라 출입이 어렵지 않다는 것이다. 모텔에 들어온 학생들은 예전에 사귀던 한 살 어린 여학생 두 명을 불렀다. 늦은 밤 두 여학생은 스스로 남학생을 찾아 모텔에 왔다.

예전에 사귀던 남학생은 이미 알고 있었지만 처음 만나는 초면도 있었다. 남녀 학생들은 인사를 나누고, 술을 마시며 낯이 익고 대화가 무르익어 가고 있을 즈음 누군가의 제안에 게임을 하게 되었다. 처음 듣는 게임이었지만 어떤 게임인지 금방 알 수 있었다. 즉, 게임에서 패배하게 되면 승자가 원하는 것을 한 가지 들어주는 게임, 더 이상 말하지 않아도 예측이 되는 이른바 왕 게임이었다.

처음에는 상의 옷을 하나씩 벗고, 술이 한 잔 더 들어가면 가벼운 스킨십을 원한다든가 하면서 그들만의 게임으로 그렇게 밤이 깊어갔다. 물론 여러 명이 함께여서 더 이상의 스킨십까지 상상되지 않았으나 모텔을 자유롭게 드나들었고, 술을 손쉽게 구한 것까지 보면 경험이 많은 아이들이었음이 느껴졌다.

그런데 문제가 발생했다. 새벽녘에 귀가한 여학생의 부모가 이 시간까지 어디서 무엇을 하였는지 집요하게 캐물었고, 여학생은 마지못해 실토했다. 어린 딸아이를 둔 부모님은 화가 치밀어 오르고 걱정이 되어 도저히 참을 수 없었고, 성폭력 사건으로 경찰서 신고를 한 것이다.

남학생들은 죄가 없다며 하소연을 하였다. "여학생들도 게임의 벌칙으로 스킨십을 요구했었고, 그들도 함께 술을 마셨는데 왜 우리가 처벌받아야 하는 건가요?"라는 억울함이었다. 그들의 논리는 이러했다. 남학생들이 여학생들을 불러내기는 했지만 여학생들 스스로 찾아왔고, 함께 흡연과 술을 마시고 놀았으며, 게임도 공정하게 상대방의 요구를 들어줬는데 문제될 것이 없다는 것이다.

경찰의 수사 과정은 시간이 길어졌고 처벌은 엄중했다. 그날 함께 있었던 남학생들에게 성폭력 관련 유죄판결로 보호관찰이라는 중징계가 내려졌다.

학교에서의 학교폭력 혐의를 조사하기란 쉽지 않았다. 아이들의 진술만으로는 판단이 어려웠다. 게다가 여학생들은 같은 학교 학생이 아닌 다른 학교 학생이라 협조를 구하지 않고서는 진술을 받아내기 어렵고, 진술 또한 강요할 수 없음이 한계점으로 드러났다.

흡연과 음주, 모텔을 드나들며 남학생과 여학생들이 어울린다는 자체가 논란의 대상이 되지만 미성년자가 드나들 수 있도록 눈감아 주는 업주들에게 분명 더 큰 문제가 있다. 청소년들의 모텔 출입이 자연스러운 문화로 이어질까 걱정된다. 또 성폭력과 관련하여 아직은 우리 사회가 남성보다 여성의 입장에서 법의 논리가 앞서고 있음을 알게 되었다.

지난밤에 생긴 야릇한 추억

　　어린 중학생들은 저녁이 되면 특별히 갈 곳이 없다. 하교 후 학원에 들러야 하고 귀가해서 저녁을 먹으면 시간은 깊어진다. 친구들과 어울려 놀기 좋아하는 아이들은 밤늦은 시간에도 폰으로 연락을 주고받으며 비교적 늦은 시간이지만 부모님 몰래 살금살금 밖으로 나가 친구들을 만나기도 한다. 그들은 PC방을 찾아 게임으로 한두 시간 시간을 보내기도 하지만 이성 친구가 함께 어울려 있으면 특별히 갈 곳이 없으니 동네 초등학교 운동장이나 아파트 놀이터 등에서 그들만의 시간을 보내는 것이 일반적인 동선이다.

　　중학생 서너 명이 저녁 늦게 아파트 놀이터에서 놀고 있었다. 마침 주말이라 한 여학생 집에서 영화를 보며 놀다가 잠을 자기로 하였다. 그런데 같은 아파트 주민인 선배가 그들 곁으로 다가왔다. 물론 얼굴은 알아도 대화를 한 적도 없었고, 그 어떤 인연도 없었다.

그 선배는 크고 작은 말썽이 끊이지 않는 학생이었다. 유난히 여학생을 좋아하는 선배였으나 얼굴이 싫지 않게 생겼으니 여학생 중 한 명이 관심 어린 말투를 던졌다. "선배 잘생겼어요!"라는 이 말 한마디가 그날의 밤 기억을 혼란스럽게 뒤틀어 놓았다.

얼굴이 잘생겼다는 말을 들은 선배는 그 순간 호감 섞인 말투로 후배 여학생에게 접근하기 시작했다. "잠시 저기 따로 가서 얘기 좀 하자."라며 어두운 곳으로 유인했고 그 순간부터 두 학생의 스킨십이 시작되었다. 남겨진 여학생 친구들은 이해되지 않는 상황에 당황스러워 어찌할 수도 없었고 상대가 선배라 아무런 표현도 못 하고 지켜만 보고 있는 상황이 되었다.

10여 분의 시간이 흐른 뒤 나타난 그들은 지켜보고 있던 친구들 눈치만 보더니 틈만 생기면 같이 사라졌다. 이런 상황이 싫었던 남겨진 남학생이 오늘 계획대로 "빨랑 집으로 가서 놀자."라며 목소리를 높였다. 곁에서 듣고 있던 선배가 기어코 자신도 함께 따라가겠다고 했다. 그런 상황이 당황스러웠던 친구들은 '집에 엄마가 계셔서 선배는 올 수 없다'며 거절하였으나 선배의 압력에 어찌할 수 없어 함께 집으로 향하고 말았다.

집에는 어머니와 어린 동생이 있었으나 어머니는 평상시처럼 방문하는 내 딸의 친구를 반갑게 맞이했고, 아이들끼리 잘 놀다 잠들겠지 하는 심정으로 걱정 없이 방으로 들어가신 듯하였다. 이쯤 되면 선배와 여학생의 스킨십은 예측된 상황이었다.

영화를 보기도 하고, 게임을 하기도 하며, 늦은 밤 배가 고프면

라면을 끓여 먹기도 하였다. 틈만 생기면 선배는 여학생을 옆방으로 데리고 가서 둘만의 시간을 보내다가 나타나기를 여러 번 반복하였으나, 여학생이 강한 거부감을 표현하지 않으니 걱정 어린 눈으로 지켜보던 친구들도 선배라는 이유로 아무런 말도 하지 못했다.

그런 상황은 지속되었고 함께 있던 친구들은 여학생이 걱정되어 잠겨있는 방문을 두드리고 이런저런 핑계로 친구를 불러 라면도 먹고 수다를 떨었다. 그렇게 그 밤은 또래 친구들과 놀이보다 걱정과 속상함으로 시간을 보내며 잠이 들었다.

주말이 지나고 월요일이 되어 등교 후 함께 있었던 친구 중 누군가 그 상황을 담임선생님에게 신고했다. 성추행이라는 신고에 문제는 심각해지고 담임선생님은 학생들의 진술과 경위서를 통해 사건의 전말을 조사하였고, 사건의 심각성을 인지하여 양측 부모님에게 즉시 전화로 사실을 알려드리며 학교폭력 사건으로 접수하였다.

여학생 집에서는 그날 밤 어머니가 함께 있었던 상황이라 이 사실을 아버지에게는 알리지 말아달라 부탁하였고, 남학생의 어머니는 내 아들이 또 사고를 쳤구나 하는 심정으로 한숨만 내쉬었다. 사건은 정식으로 접수되었고 약 2주가 지나 학교폭력 심의를 기다리던 중 여학생의 아버지와 삼촌이라는 사람이 학교를 찾아왔다.

화가 잔뜩 난 두 사람은 학생부를 찾아 흥분된 억양으로 "도대체 남학생 부모님께서는 뭐 하는 사람이냐?"라는 질문을 시작으로 역시나 핸드폰을 끄집어내 녹취하는 모습을 보였다. 아빠인 자신에게 연락하지 않은 책임소재부터 마치 죄인 심문하듯 질문하기 시작했다.

어머니에게 충분한 설명을 했고, 어머니 스스로 아버지에게 연락 않기를 바라셨다고 말했다. 가해 학생의 개인정보도 요구했으나 그 부분은 정중하게 거절하였다. 남학생의 학교생활에 대한 상황도 설명했으나 화가 난 두 사람은 고함과 반말에 막말까지 서슴지 않았다.

"딸 가진 부모 되어 봤냐고?"

여학생의 아버지가 사실을 인지하고 성폭력으로 경찰서 신고를 접수하였으나 남학생 학부모 측에서는 아무런 연락이 없었다. 합의도 할 수 없어 답답한 마음에 화가 나서 뭔가 트집이라도 잡고 싶었던 심정은 이해가 되지만 반말에 막말은 은근히 화가 치밀어 올랐다.

사실 양측이 만나서 서로 합의가 이루어지면 좋겠으나 남학생 측 부모는 여학생이 먼저 남학생에게 '사귀자'라고 말했다는 것이다. 결론은 "여학생이 좋아서 집까지 데리고 갔었고, 집에는 엄마와 친구들이 있었으니 뭐가 문제가 되느냐?"였다. 이런 상황에서 양측을 만나게 한다면 큰 싸움이 일어날 것은 뻔한 상황이라 담임 선생님과 나 역시 고민 끝에 그런 상황은 차마 말씀드리지 않았다.

학부모에게 녹취당하고, 소리 지르는 막말을 한두 번 들은 것도 아닌데 은근히 화가 났다. 다행히 앞으로 전개될 상황과 학생의 학교생활에 관한 이야기로 차분하게 대화는 마무리되었다. 하지만 상담이 끝난 뒤에도 뭔가 가슴속에 응어리 맺힌 듯 씁쓸한 마음은 쉽게 지워지지 않았다. 여학생 어머니가 "아이 아빠에게만은 사실을 알리지 않았으면 좋겠어요."라고 부탁했던 것은 아빠의 성격을 짐작하게 하는 대목이었다.

학교에서 상담 중 아빠에게 연락하지 않기를 바라는 어머니들은 자주 있는 편이다. 불같은 성격이 첫 번째 이유이며, 사건이 심각하지 않다면 어머니 혼자서 조용히 마무리하고 싶다는 뜻도 포함되어 있다.

학교폭력 심의 결과는 유보였다. 가해 학생과 피해 학생의 진술이 다르고 만약 성추행이라면 친구들이 곁에 있었으며 집에서는 어머니와 동생들이 있어서 충분히 거절할 수 있었던 상황으로 판단되었기 때문이라 했다. 양측 학생과 부모님들의 진술로는 결정이 쉽지 않아 경찰서의 결과가 나오기를 기다린다는 연락이었다.

예견된 상황이었다. 학교나 학교폭력 심의회는 수사기관이 아니다. 학생들의 경위서와 진술서에 따라 파악하고, 사건 이후 어떠한 처리 과정이 있었는가 등을 판단하며 그에 따른 다섯 가지 기본 판단 요소에 따라 징계 수위를 결정한다.

중학생들은 이성에 눈을 뜰 시기가 되었다. 빠른 학생들은 초등학교 5, 6학년이면 이성에 눈을 뜬다. 남녀 교제하는 학생들이 손을 잡고 등교하거나 어깨에 손을 얹고 등교하는 풍경도 흔하다.

남녀 학생들이 어울려 함께 공부하겠다며, 때로는 아이들끼리 밤새 어울려 놀겠다면 부모님은 아이들 굶지 않도록 식사까지 챙겨줄 것이다. 어느 부모인들 그렇게 하지 않을까? 하지만 이성끼리 모여 밤새 어울려 놀겠다면 아이들이 어떻게 하고 있는지, 무엇을 하고 있는지 관심 갖고 지켜봐야 하지 않을까?

이른 나이에 이성 교제를 하지 말라는 얘기가 아니다. 이성 교제가 나쁘다는 얘기도 아니다. 인간은 감성의 동물이라 어쩌면 자연스러운 행동일 것이다. 하지만 아이들도 어른들도 상황에 따른 판단과 대처 능력이 아쉽기만 하다.

데이트 폭력을 일삼는 아이들

요즘 아이들은 이성에 일찍 눈을 뜬다. 유치원 아이들도 성장 세포가 빠르게 진행되어 일찍부터 자연스레 이성에 눈을 뜬다. TV를 비롯한 드라마와 영화, 스크린의 발달도 한몫을 차지했다. 유치원 선생님이 예쁘지 않다는 이유로 유치원에 가지 않으려는 아이들과 학급 교체를 요구하는 아이들도 있지만, 청소년기에 접어들면서 선생님들로부터 이성에 눈뜨는 아이들도 적지 않다.

남학생이든 여학생이든 사춘기에 접어들면서 선생님이나 친구 오빠 또는 동생들을 좋아하거나 짝사랑하게 되는 경우도 어찌 보면 자연스러운 성숙함이 아닐 수 없다. 빠른 친구들은 유치원과 초등학교 때부터 이성 친구를 사귀겠지만 관심이 없어 고등학교와 대학 졸업 때까지 이성 교제 경험이 없는 아이들도 있다.

중고등학생들의 이성 교제는 확연하게 늘어난다. 과거 70~80년대처럼 몰래 숨어서 데이트하거나 이성 교제 자체를 숨기는 경우는 이제 거의 사라졌다. 이성 교제를 시작한 날로부터 100일이 되면 거창하게 선물을 주고받고 둘만의 파티를 하는 것은 낯설지 않은 풍경으로 자리 잡았다. 1,000일이 되는 기념일은 오죽할까? 아이들은 과시하듯 자랑을 일삼는다.

　고등학교 입학 때부터 사귀기 시작한 커플이 있었다. 남학생은 언제나 여학생을 섬세하게 잘 챙겨주었으나 교제 시간이 길어지니 토닥토닥 싸우는 일도 잦아졌다. 문제는 남학생이 작은 갈등에도 화가 나면 손찌검을 한다는 것이다. 손찌검 당한 여학생은 여러 차례 절교를 선언했지만 남학생은 그제야 잘못했다며 싹싹 비는 상황이 잦았고 심지어 무릎 꿇고 용서를 비는 사례도 많아졌다.

　수학여행 중 어느 관광지에서 갑자기 여학생의 울음소리가 너무나 크게 들렸다. 걱정되어 소리 나는 방향으로 가보니 역시나 두 커플이 싸우고 있었다. 여학생은 통곡하고 있었고, 남학생은 화가 잔뜩 난 듯 고함을 지르며 난리도 아니었다. 주변 학생들은 구경하듯 쳐다볼 뿐 남의 일에 관심이 없었다.

　두 학생의 심각한 분위기에 뭔가 제재를 가해야겠다는 생각도 들었지만 수학여행 중이라 애써 그들을 달래기 시작했다. 길지 않은 시간 설득하니 여학생이 울음을 멈추었다. 소리 지르던 남학생의 손을 끌어다 여학생 손을 잡게 하였더니 둘은 아무 일도 없었다는 듯 둘만의 세상으로 사라지고 말았다.

　너무나 쉽게 화해가 이루어진 상황을 생각하면, 누군가 싸움을 말려 주기를 바라지는 않았을까? 어쩌면 원치 않는 싸움이었을 것 같다는 생각마저 들었다.

졸업 후에도 한동안 사귀고 있었는데 어느 날 남학생이 군복을 입고 학교에 찾아왔다. 결혼까지 가겠다더니 결국 헤어졌음을 알려 왔고 결코 후회는 하지 않는다는 말도 덧붙였다.

부사관 직업 군인의 길을 선택한 남학생은 그 후 휴가 나올 때면 매번 찾아와 인사하더니 어느 날 청첩장을 건네주고 갔다. 군 복무 중 군무원과 눈이 맞아 좋은 인연으로 연결되어 결혼한다고. 분명 반가운 소식은 맞는데 학창 시절 오랜 시간 사귀었던 여학생 얼굴이 기억에서 떠나지 않았다.

학창 시절 연애 잘하던 학생은 군에서도 신붓감을 만나는 것이 우연일까, 인연일까? 20대 초반이면 아직 나이도 어린데 얼마나 좋으면 결혼을 서둘렀을까? 그들의 결혼 소식에 축하와 축의금을 보냈지만 결혼 후 몇 해가 지나도록 잘 살고 있다는 연락조차 없으니 무소식이 희소식이라 그렇게 믿고 있다.

또 다른 커플이 있었다. 남학생은 비교적 점잖은 편이었고, 여학생은 밝고 명랑한 아이였다. 이들은 남학생보다 여학생이 더 적극적이었고 남학생은 여학생을 아끼는 듯 예쁜 여학생을 바라보는 것만으로도 흐뭇해하는 학생이었다.

그런데 어쩌다 남학생이 같은 반 여학생과 일상적인 대화를 주고받기만 해도 여학생이 질투로 남학생의 뺨을 후려갈길 정도로 매번 찬바람이 불었다. 남학생은 나와 함께 낙동강 천 리 자전거 길 도전을 완주하였던 학생이라 복도에서 마주쳐도 가벼운 농담을 주고받는 사이였다.

두 학생은 사소한 일로 다투는 일이 잦았지만 남학생이 양보하고 여학생에게 맞춰주는 편이라 비교적 조용히 지나치는 커플들이었다. 수학여행 중 이들과 마주치면 닭살 돋는 포즈를 사진으로 찍어주기도 했지만 인생 사진 한 장이라도 건지려는 그들이 밉지는 않았다.

시간이 흘러 그들도 헤어지는 운명을 맞이했다. 충격적인 것은 어제 헤어졌던 여자 친구가 단 이틀 만에 다른 남학생을 만난다는 것이다. 두 학생이 사귄다는 것을 전교생 모두가 알고 있는데, 헤어진 시간이 한 달도 두 달도 아닌 단 이틀 만에 같은 학교 3학년 선배랑 눈이 맞아 교내에서 버젓이 손잡고 데이트하는 모습에서 선생님들도 충격이 아닐 수 없었다.

기성세대와의 생각 차이였을까? 요즘 아이들의 이성 관념이거니 생각할 수도 있겠지만 어제까지 사귀었던 남자 친구에 대한 예의가 아니라고 생각했다. 오히려 남학생을 생각하면 크게 상처받아 지금쯤 아무것도 할 수 없을 것 같아 안타깝기만 했다.

남학생 눈치를 보며 약 한 달의 시간이 지나 헤어진 동기를 조용히 물어보고 싶었지만 얘기하기도 전에 이미 표정에서는 좌절감이 역력했다. 충격을 어떻게든 이겨내 보려는 눈빛과 너무나 허탈하게 힘없이 늘어진 모습을 하고 있는 남학생에게 내가 해줄 수 있는 것은 어깨를 다독거리며 먼 하늘을 함께 쳐다보는 일 외에는 없었다.

졸업 후 그 남학생이 군복을 입고 찾아왔다. 진학과 취업의 갈등 속에서 조용히 군 입대를 선택했던 그가 힘들었던 상황들이 눈빛에도 묻어있었다. 휴전선 최전방 자대 배치를 받았고 그곳에서도 군사분계선 내 GP 근무를 위한 지원서에 "선생님과 함께 낙동강 천 리 길을 완주하였던 사연을 적어 당당히 합격할 수 있었습니다."라며 반가운 소식을 전해주었다. 그러나 새로운 여자 친구가 생겼다는 소식은 없었다. 지금은 군 제대를 하고 사회생활을 하고 있을 그가 어떤 진로를 선택하였을까? 지금도 낙동강 자전거 길을 달리고 있으면 그 학생 생각이 많이 난다.

데이트 폭력, 매스컴에서 이해되지 않는 수많은 사건들이 쏟아져 나오듯 어린 학생들도 데이트 폭력을 휘두르기도 한다. 학교폭력 사건에 비해 단지 사귄다는 특별한 관계 때문에 신고 자체를 하지 않을 뿐 숨겨진 데이트 폭력은 생각보다 많다.

만나는 약속 시간보다 늦었다는 이유, 전화를 빨리 받지 않는다는 이유, 다른 남학생과 대화를 주고받았다는 이유, 굳이 말하지 않아도 되는 일들을 말하지 않았을 뿐인데 자신을 속였다는 이유, 심지어 성관계를 허용하지 않는다는 이유, 자신의 의도대로 따라오지 않았다는 어처구니없는 이유로 매 맞았던 기억들은 어쩌면 너무 어린 나이에 깊은 상처로 남지는 않을까 걱정이다.

지금은 미성년자 신분이지만 성인이 된 후 데이트 폭력은 엄격한 폭력 범죄로 구분된다. 비록 어린 나이의 학생들이지만 사귄다는 이유로 나의 소유물로 생각하거나 내 멋대로 해도 된다는 생각은 추호도 없어야 한다. 손찌검은 버릇이 아니라 병이다. 대물림되지 않을까 걱정이 되지 않을 수 없다.

도박 중독으로 세상을 떠나는 아이

어느 날부터 도박에 빠진 청소년들이 뉴스에 소개되더니 최근 청소년 도박은 우려를 넘어 심각한 사회적 문제로 제기되었다. 코로나19가 장기화되면서 학생들이 온라인 수업으로 집에 있는 시간이 많아졌고, 컴퓨터가 눈앞에 펼쳐져 있으니 불법 도박 사이트에 접근하는 기회가 늘어나는 것은 어쩌면 당연한 일인지도 모른다.

불법 도박 종류만 해도 온라인 카지노, 카드, 화투, 스포츠 도박까지 수십 가지가 넘는다. SBS 시사 프로그램 '그것이 알고 싶다'에서 17세 미만의 미성년자가 1억 빚을 지게 되었다는 내용을 다뤘다. 그 소식은 국민들을 충격에 빠트리기에 충분했다.

몇 해 전 고등학교 근무 시절 겨울방학을 맞아 모처럼 가족들과 제주도 여행을 떠났다. 오랜만의 가족여행이라 맛집을 찾아 아주 즐겁게 저녁 식사를 해결하고 기분 좋게 숙소에 도착했다. 짐을 풀고 아이들과 수다를 떨며 휴식을 취하고 있는데 학교 전담 경찰관에게서 전화가 걸려 왔다.

"학생부장 선생님, 쉬시는데 죄송합니다. 혹시 그 학교에 ○ ○ ○ 학생 있습니까?"

"네. 3학년 학생입니다. 무슨 일입니까?"

"선생님, 놀라지 마십시오. 지난밤 스스로 목숨을 끊었습니다."

보통 때 같으면 전담 경찰관은 친하다는 이유로 먼저 안부를 묻고 장난기 섞인 말투로 편하게 대화를 이어갔으나, 그날은 왠지 목소리가 차분히 가라앉아 있었다. 심상치 않은 사건이 터졌구나 하는 예감은 들었지만 그렇게 슬픈 소식이 전해지리라고는 꿈에서조차 상상하지 못했다. 그날 밤 한 치의 망설임 없이 다음 날 아침 비행기 표를 예약하고 가족여행을 포기한 채 나 홀로 제주도를 떠나 다음 날 곧장 장례식장으로 달려갔다.

장례식장 분위기는 이루 말할 수 없었다. 슬픈 소식을 전해들은 친구들이 모여들었고 교장, 교감 선생님도 아침 일찍부터 자리를 지키고 있었다. 학생의 부모님을 뵙는 순간, 그 초췌한 얼굴에 넋을 잃어 쓰러지지는 않을지 걱정부터 앞섰다. '아들 없이 앞날을 어떻게 살아갈까? 아들이 보고 싶어 어찌 살아갈까?'

가슴을 억누르듯 말을 잇지 못하는 부모님 모습에 차마 "제가 학생부장입니다."라는 말조차 꺼내기 죄송스러웠지만 조용히 곁으로 다가가 인사를 드렸다. 나를 마주한 부모님은 억눌렸던 감정을 쏟아내며 하염없이 눈물만 흘렸다. "평소 아들에게서 학생부장 선생님 이야기를 많이 들었습니다. 많이 예뻐해 주셔서 감사합니다."라며 진작에 찾아뵙고 싶었는데 그러지 못했다고 후회의 말을 했다.

그 말에 더욱더 죄송스러워 그 어떤 위로의 말도 하지 못했다. 자식 잃은 부모에게 어떤 위로의 말이 있을까? 지금의 현실이 믿기 어렵고 꿈이길 바라는 부모 앞에 난 죄인이 되었다. 학생의 어머니는 쓰라리고 슬픈 고통 속에서 그동안의 일을 차분히 말했다.

한 달 전쯤 우리 아이가 약 150만 원의 빚이 있다는 것을 우연히 알게 되었다. 너무나 충격이라 아들 친구들을 통해 알아보니 도박 빚으로 밝혀졌고, 대학생 누나에게도 약 30만 원을 빌린 사실이 밝혀지면서 충격으로 이미 이성을 잃었다고 한다.

없는 살림에 힘들게 맞벌이하는 형편에서도 어렵게 돈을 장만하여 아이 빚을 먼저 갚아 주었지만, 생각할수록 화가 치밀어 올라 호되게 야단친 것이 스스로 세상을 떠나게 했던 원인이라는 생각에 한탄과 자책은 끝이 없다는 것이다.

"엊저녁 식사를 마치고 생필품을 사러 동네 마트에 잠시 다녀온 사이 휴대 전화기 안에 유서를 남기고 아이 방에서 스스로 그렇게 세상을 떠났습니다."

모든 것이 어머니 당신의 탓이라 생각하니 그 고통으로 가슴에 한이 맺히고 세상이 원망스러워 아들 잃은 슬픔을 어찌 가슴에 묻을까? 나를 붙들고 흐느끼는 어머니를 아버지가 진정시키며 겨우 떼어놓았다.

평소 그 아이는 참 해맑았다. 가끔 친구들이 흡연하는 것을 목격하면 친구들 앞에서 흡연 사실을 장난 반 진담 반으로 나에게 일러 바치기도 하고, 점심시간이면 급식실 앞에 길게 늘어선 줄에서 잠시도 가만있지 않고 친구들과 장난치며 잘 어울리던 장난꾸러기였다. 장난을 좋아하고 운동을 좋아하는 성격이라 주변에 친구들도 많고 인기도 많은 아이였다.

그 아이가 떠나는 마지막 날은 추운 겨울방학이라 학교는 텅 비어 있었고 그 아이 교실에는 주인 없는 빈 책상 위에 친구들이 놓고 간 국화꽃만이 주인을 대신해 지키고 있었다. 아이를 떠나보내기 위해 새벽같이 교문을 열어 두었다. 찬 기운이 매서운 그 겨울 새벽, 운구차가 학교에 진입하여 교실과 학교를 마지막으로 둘러보고, 그렇게 영영 돌아올 수 없는 먼 길을 떠나고 말았다.

그 후 친구들의 진술에 의하면 그 아이의 빚은 생각보다 훨씬 더 많았다. 아마도 자신이 감당하기 어려웠던 큰 빚이 어렵게 생활하시는 부모님에게 짐이 된다는 것이 너무나 큰 죄책감으로 다가와 극단적인 선택으로 치닫게 한 것은 아니었을까?

최근 어린 학생뿐만 아니라 성인들도 도박 빚의 구덩이로 빠지고 있다는 소식을 언론을 통해 자주 접한다. 누구나 쉽게 접속할 수 있는 온라인 불법 도박 사이트는 분명 어린 학생들과 선량한 시민들이 목표일 것이다. 정부 차원의 수사 인력 보충과 강력한 미성년자 규제와 제도 개선이 마련되어야 한다. 또한 관련자의 엄중한 처벌이 필요한 시점이라 여겨진다.

먹는 물통에 이물질을 넣었어요

코로나19 발생 이후 교실과 복도, 화장실, 현관, 급식소 입구 등 학교는 손 소독제를 부족함 없이 배치하였다. 가끔 애꿎은 손 소독제를 이리저리 뿌려대며 장난을 치는 아이들도 꽤나 있었다. 그러다 어느 날 마시는 물통에 친구들끼리 손 소독제를 몰래 넣는 사건이 발생하였다.

학교에서는 화들짝 놀라 손 소독제 넣은 물을 마신 아이들을 급히 병원으로 이송하여 진료를 받았다. 다행히 넣은 양이 아주 조금이라 괜찮다는 판정을 받았으나 학교는 놀라지 않을 수 없었던 사건이었다.

아이들 대상으로 상황을 조사하니 얽히고설켜 있었다. 서로서로 물통에 손 소독제를 넣었고, 일부 학생은 손 소독제를 넣으라고 지시하기도 했다. 대부분 손 소독제 넣은 물을 마셨으나 단 한 명만이 손 소독제를 친구들 물통에 넣지도 않았고 시키지도 않아 순수한 피해자가 되었다.

조사 과정에서 새로운 사실들이 나타났다. 절반은 장난이었다고는 하나 걸레 빨았던 물을 몰래 넣기도 하고 또 다른 이물질을 넣었음이 밝혀졌다. 이웃 학교에서도 락스 물을 넣기도 하고 물통에 침을 뱉는 등 비슷한 사례가 종종 발생하고 있었는데, 심한 장난임에는 틀림없었다.

이들에게 풀리지 않는 앙금이 있었다. 장난 중 목을 조이고 강하게 밀치는 등 의도적이고 악의적인 행위에 대한 보복행위였다는 것이다. 분명 쉬는 시간이면 모여서 장난치며 뒹구는 친구들이었으나 서로에게 보이지 않는 불만이 장난 속에 행동으로 표출된 것이다.

사건 발생 후 아이들은 궁지에 몰리게 되면서 방어 수단으로 자신의 피해를 은근히 발설하기도 하고 본인의 잘못을 지적하기보다 상대에게 탓하는 이른바 피해의식을 드러내기도 했다.

문제는 학부모들이었다. 코로나 발생 이후 뉴스에 따르면, 손 소독제가 눈에 들어가 실명이 되었거나 어린아이가 피해를 입었다는 것으로 보아 위험한 물질임에는 틀림이 없었다. 소식을 전해들은 학부모들은 놀란 가슴에 평정심 찾기가 쉽지 않고 학부모들끼리 감정 섞인 강한 목소리가 터져 나왔다.

어떤 학부모는 이리저리 알아보고 경찰서 문턱까지 다녀오기도 했고, 엄벌에 처해 달라며 호소하는 학부모도 있었다. "도대체 학교는 뭘 하고 있었냐?"며 학교를 나무라며 화를 내다가도 당신의 아들도 물통에 손 소독제를 넣으라고 지시했다는 말에 목소리를 낮추고는 하였다.

심지어 학부모 중 두 분은 학창 시절부터 동창에 친구 사이였다. 비슷한 시기에 결혼하여 아이를 낳아 기르니 아들도 나이가 같고, 같은 지역에 살다 보니 아이들이 초등학교 때부터 같은 반이 되어 크고 작은 장난에 가벼운 충동 등으로 말썽이 한두 번이 아니었다고 했다. 어른이 되어 아이들 문제로 토닥토닥 싸우다 이번 사건으로 둘 사이가 제대로 틀어지고 말았던 것이다. 철없는 아이들이 개구쟁이처럼 이리저리 넘어지고 고삐 풀린 망아지처럼 뒹구는 것은 좋으나 장난 수위가 점점 높아진 것이 문제였다.

손 소독제를 넣으라고 시키지도 않았고, 넣지도 않았던 한 명의 부모님은 몹시 화가 났었다. 당연한 일이다. 경찰서 문턱까지 다녀왔던 분이다. "지금 내 아이는 생수를 마셔도 냄새가 나는 것 같다고 그 트라우마로 인하여 물도 마시지 못한다."며 흥분을 감추지 못했다. 그러면서 다른 아이들을 엄벌에 처해 달라고 했다.

학교는 고민에 빠졌다. 분명 아이들의 장난이 과해서 일어난 사건이었으나 결코 가볍게 넘어갈 일도 아니었고, 또한 지나치긴 했지만 장난을 무겁게 처벌할 수도 없었다. 학교는 교육적 입장에서 지도를 목적으로 징계가 이루어져야 하는데 학부모의 감정들이 격해져 있으니 고민에 빠질 수밖에 없었다.

드디어 선도위원회가 개최되었다. 사안이 중대한 만큼 대부분의 학부모가 참석했다. 물론 아버지 어머니가 모두 참석하신 분도 있었다. 아이들의 진술이 시작되고 사실 여부를 확인하였다. 대부분 자신들의 잘못을 인정하였으며, 서로 얽히고설킨 부분들을 잘 설명하였다.

그중 장난이 가장 심하고 중심 역할을 하였던 아이의 어머니는 "그저 입이 열 개라도 할 말이 없습니다. 죄송합니다."라며 울먹였다. 그 목소리는 모두를 숙연하게 만들었다. 그 외 학부모님들은 하고 싶은 말이 많지만 애써 참는 듯한 감정도 느낄 수 있었으며, 한 분씩 자신들의 입장을 털어놓았다.

"내 아이가 시킨 점은 잘못되었지만, 내 아이도 손 소독제를 마셨으며 지난번에도 비슷한 피해를 당했다."는 등 서로의 피해 사례를 털어놓기에 바빴다.

며칠 전 학생들의 대화 중 온전히 피해를 입은 학생 부모님이 경찰서 문턱까지 갔었다는 말에 대해 한 학생이 "그깟 일에 경찰서 갔냐?"라고 말해 그 부모님은 몹시 화가 났다. 역시나 친구 사이였던 두 학부모 아이들의 대화였다. 친구 사이였던 두 아버지는 서로의 입장에서 감정과 목소리가 격해지기 시작했다. 순간 찬물을 끼얹은 듯 심상찮은 분위기는 지속되었다.

회의를 진행하는 학교 입장도 학부모의 목소리를 들을 수밖에 없는 상황이었고 섣불리 분위기를 바꾸기도 쉽지 않았다. 학교에서 학부모님들의 갈등을 어떻게 해결할 수 있을까 고민이었지만 예민한 학부모들에게 해답은 떠오르지 않았다. 학생과 학부모의 진술이 끝나고 학교 입장을 밝혔다.

"선도위원회 개최의 목적은 학생 징계를 위함이 아닙니다. 학생들을 바른 길로 안내하며 처벌의 목적보다 앞으로 학생들의 학교생활에 대한 교육적 목적에 무게를 둡니다. 이제 1학년인 장난꾸러기들은 앞으로 졸업까지, 어쩌면 고등학교까지 함께 가야 할 아이들입니다. 장난이 지나치기는 하였지만 많은 양을 넣지 않은 점, 일이 이렇게 커질 줄도 모르고 있었던 점, 지금도 저들은 깔깔깔 함께 웃으며 뒹구는 친구 사이라는 점을 감안하여 아이들에게 징계라는 무거운 족쇄보다 서로 용서하고 화해하며 함께 살아가야 할 교육적 이해와 용서를 바랍니다."

그렇게 호소하니 침묵이 흘렀다. 최종 진술에서 한 학부모가 용기를 내어 말했다.

"모두들 귀하디귀한 내 어린 자식들 이번만큼은 서로 용서합시다."

모두들 기다렸다는 듯 용서하고 싶다는 뜻을 비쳤다. 다만 한 어머님이 "그날의 상황을 생각하면 잠이 오질 않는다. 절대 가볍게 넘어갈 수 없으며 징계가 제대로 이루어지지 않으면 사회적 이슈로 삼겠다."며 그날의 놀란 가슴을 떠올린 듯 울먹이며 말했다. 곁에 계시던 아버님이 옆구리를 찌르며 진정하라고 애써 달래는 눈치였다. 아버지는 이미 용서의 마음이 열린 듯한 분위기였다.

회의는 이런저런 대화 속에 친구 사이였던 두 분의 작은 오해들이 풀리기 시작했고, 회의 시작과는 달리 편안한 마음으로 또 다른 대화가 오고 갔으며 제법 웃음소리도 들렸다.

"회의 상황을 지켜보는 우리 아이들, 자신들의 잘못이 부모님들의 오해와 갈등으로 번질 수 있음을 배우고 있습니다. 적어도 우리 어른들만큼은 아이들에게 상처와 부끄러운 모습을 보여서는 안 되겠습니다."

모두 받아들이는 분위기였다. 아이들의 최종 진술을 마치고 어른들끼리 남은 대화를 이어갔다. 조금씩 감정이 풀린 두 학부모 친구도 서로에게 미안하다는 눈빛을 주고받았다. 아이들 문제로 서로에게 과잉 반응은 보이지 않았는지 서로에게 위로와 사과의 뜻을 보내는 눈치다.

징계 결과에 불복 시 재심 청구할 수 있음을 안내하고 나머지 학부모님들은 서로에게 미안함을 전달하였다. 오늘 저녁 식사는 귀여운 내 아이들을 위해 맛있는 돼지갈비라도 뜯으라고 모처럼 가족 회식을 부추기며 긴 시간의 선도위원회는 막을 내렸다.

징계 결과 가장 중심에 섰던 아이를 제외하고 대부분 교내 봉사의 가벼운 징계가 내려졌다. 징계 결과에 불만으로 재심이 청구되지 않을까 살짝 걱정되었지만 그 누구도 판정에 이의를 제기하지는 않았다.

아이들의 봉사활동이 시작되었다. 아직은 철이 없어서일까? 교내 봉사 내내 웃고 장난치며 예전과 전혀 다를 바 없었다. 더욱 재미있는 일이 생겼다. 오로지 피해만 호소했던 그 아이는 친구들의 교내 봉사에 함께 힘을 보탰다. 점심시간이든 방과 후 시간이든 친구들과 함께 장난치며 봉사활동에 임하는 모습은 신선한 감동으로 다가왔다.

아이들은 서로 장난치며 때와 장소를 가리지 않고 뒹굴며 그렇게 자란다. 행동의 수위가 조금씩 차이가 있을 뿐, 그러다가 친한 친구끼리 주먹질이 발생하기도 하지만 아이들은 그렇게 철없이 자란다. 어른들의 앞서가는 생각, 내 아이가 언제나 피해자라는 생각은 버려야 한다. 때로는 짓궂은 아이들도 용서와 이해, 긍정적인 생각으로 성장하도록 도와야 한다.

이번 사건은 아이들의 철없는 행동으로 어른들의 감정이 자칫 크게 확대될 수 있었던 상황이었지만 끈끈한 우정으로 다져진 말썽꾸러기들의 웃지 못할 사건으로 남았다. 다행인 것은 오랫동안 오해 속에 서먹했던, 동창에 친구였던 두 분의 분위기가 반전된 것이었다. 혹시 두 분이 소주 한잔으로 새로운 우정 다지는 시간을 보낼 때 행여 나를 부르지는 않을까 내심 기다리고 있었지만 끝내 연락은 오지 않았다.

2부

부모가 달라져야 학생이 변한다

졸업과 동시에 생활기록부 삭제를 요구한 아버지

초중등교육법 시행규칙 제22조 '제1호(서면 사과), 제2호(피해 학생 및 신고 고발 학생에 대한 접촉, 협박 및 보복행위 금지), 제3호(학교에서의 봉사), 제7호(학급 교체)는 해당 학생의 졸업과 동시에 삭제한다'고 되어 있다. 또 '제4호(사회봉사), 제5호(학내외 전문가에 의한 특별교육이수 또는 심리치료), 제6호(출석정지), 제8호(전학)는 해당 학생 졸업 2년 후에 삭제하는 것을 원칙으로 하되, 심의 대상자 조건을 만족할 경우 해당 학생의 반성 정도와 긍정적 행동 변화 정도를 고려하여 졸업 직전 전담 기구 심의를 거쳐 졸업과 동시에 삭제 가능하다'고 명시되어 있다.

어느 해 연말이 다가올 무렵 젊은 학부모 한 분이 학생부실을 찾아왔다. 이유인즉 아들이 2년 전 학교폭력 가해자인데 졸업과 동시 생활기록부 삭제를 요청하고자 방문하신 것이었다. 물론 담임선생님과 전화 상담을 여러 차례 했고 곧 학교 방문하실 것이라는 사전 정보도 주었다.

나는 지난해부터 본교에 근무하였으니 2년 전 사건은 모르는 상황이었다. 학생의 아버지는 학교폭력과 관련된 법적 근거와 자료를 빽빽이 기록해 놓은 다이어리 하나를 꺼냈다. 여러 차례 교육청에 문의해 받은 답변과 관련 법적 근거 자료를 다이어리 한 권에 꼼꼼히 정리했던 것이다. 어쩌면 학교폭력 관련 법규를 변호사보다 더 상세히 꿰뚫고 있는 것 같았다. 만약 전담 기구 심의를 열지 않으면 법적 절차까지 고려하겠다고 했다.

절차야 어찌 되었건 아버지의 하소연에 귀를 기울였다. 2년 전 아들이 중 1 때 친하게 지내던 친구 한 명을 화장실에 불러다 여러 명이 구타한 사건이었다. 그 사건으로 가해 학생 대부분이 4호 이상의 중징계를 받았다.

아버지의 생각에는 폭력에 가담한 부분이 비교적 약한 자기 아들에게도 4호가 떨어져 불만이 많았고, 재심 등을 고민했지만 당시 학생부 선생님이 "졸업과 동시에 생활기록부 삭제가 있으니 걱정 안 하셔도 됩니다."라고 말했다는 것이다.

이런 경우에 졸업과 동시 생활기록부 삭제에 대해 너무나 쉽고 당연하게 안내한 선생님의 잘못도 분명히 있다. 심의를 위한 학생의 조건과 절차 및 증빙 자료는 어떤 것이 있는지를 상세히 안내했어야 했다. 즉, 담임의견서, 가해 학생 특별교육 이수증, 학부모 특별교육 이수증, 자필의견서, 피해 학생 의견서 등 필요에 따라서 요구 자료가 더 있을 수 있음을 안내했어야 했다.

아버지의 하소연은 이제 시작이었다. "귀엽고 사랑스러운 내 아들이 학교폭력 가해자라니?" 학생 어머니와 아버지의 충격은 이루 말할 수 없었다고 했다. 그날 이후 아들이 다니던 학원을 모두 끊었고, 집에서는 아들을 잘못 키운 아이 엄마와 사이가 멀어졌다고 한다.

자신은 퇴근 후 술과 인연을 끊은 채 특별한 일 외에 집으로 곧장 퇴근하여 학원 대신 아들을 직접 가르쳤다고 했다. 물론 예절과 인성에 대해서는 말할 것도 없고, 그 사건으로 인해 우리 집은 썰렁한 분위기 속에 너무나도 많이 달라졌다고 말씀하시는 눈가에 눈물이 글썽여 상담하는 내내 마음이 무거웠다. 그래도 내 아이의 생활기록부에 학교폭력이라는 불명예가 기록되는 것이 용서되지 않아 졸업과 동시 삭제를 위해 달려왔다고 했다.

약 두 시간의 상담은 나에게서도 많은 교훈을 던져 주었다. 학부모마다 생각이 다르고 교육 방식도 다르듯이 이번 학부모는 아이에 대한 사랑이야 남들과 다를 바 없지만, 학교폭력 가해에 대한 충격으로 가정이 서먹해진 것과 남다른 노력을 한 부분은 그 어느 학부모와는 비교가 되지 않았다. 아들의 명예 회복을 위해서라면 어떤 일도 할 것 같은 느낌을 받았다.

상황이 그렇게 되자 오히려 내가 학부모를 위로해야 할 입장이었다. 그동안 가정의 서먹함, 아들에 대한 실망감, 회사일 외 모든 것을 닫아버린 아버지의 사생활은 내게도 적지 않은 충격이었다. 철없는 중학생들이 겪는 일탈과 주먹다짐 그리고 반항, 이성 문제 등은 사춘기와 겹쳐 격한 감정이 되기도 한다며 아이들은 그런 과정을 겪는 것이라 걱정할 일이 아니라며 오히려 위로하기 시작했다.

이런저런 사례를 내놓기도 하였고 심지어 아이를 키우는 같은 아버지의 입장에서 내 아들 중학교 시절 사례를 들기도 했다. 두 시간이 넘는 상담 끝에 조금은 마음의 위안이 되었는지 얼굴이 조금씩 편안해 보였다. 그렇게 심의를 요청하고 학교를 떠났다.

그날 이후 담임 의견서, 학년 부장 의견서, 지난해 담임 의견서, 자필 의견서, 그리고 피해 학생 의견서 등 자료를 수집했다. 또한 그린마일리지(상·벌점제)를 조회하니 상점이 100점이 넘을 정도로 모범적인 학교생활을 하고 있었다. 가해 학생도 1학년 때의 실수를 만회하고자 많이 노력한 흔적들이 나타난 것이다.

현재 담임과 지난해 담임선생과도 상담을 하였다. 큰 말썽이 없었고, 교우관계도 원만하여 학업 성적 또한 나쁘지 않아 두 분 담임의 평가도 좋았다. 또한 학교폭력을 저지를 만한 아이가 아니라는 좋은 평이 있어 별문제는 없었다. 아쉬움은 피해 학생 의견서에서 사건 이후 둘의 관계가 원만하지 않음이 확인되었지만 전담 기구 심의안에 충족되어 회의가 성립되었다.

그 학생의 아버지에게 연락을 드렸다. 모든 자료를 수합하니 지금까지 학교생활을 잘 해왔으며, 특히 그린마일리지의 상점이 100점이 넘었다는 게 커다란 이점으로 작용되었고, 모범적 학교생활을 하였으므로 학교폭력 생활기록부 즉시 삭제 심의안에 충족되어 회의 대상자임을 말씀드렸다.

이후 피해 학생과 그의 어머니와도 상담을 했다. 피해 학생은 왜 심의회를 해야 하는지 이해하지 못했다. 그날의 정신적 상처가 너무나 깊어 그날 이후 그는 학교가 싫어졌고, 가해 학생과의 관계 회복도 실패하였으며 오히려 오고 가며 따가운 눈빛의 시선은 지금도 힘들다고 했다.

어머니의 대답은 더욱 심했다. 그날 이후 피해 학생의 부모님은 아들이 잠도 못 자고 고통스러워하는 모습을 보면서 부모로서 할 수 있는 것이 없어 너무나 안타까웠음을 호소했다.

드디어 학교폭력 가해 학생의 생활기록부는 졸업과 동시 삭제를 하기 위한 전담 기구 심의회가 열렸다. 회의가 시작되고 심의위원들의 서류 검토가 시작되었다. 긴 시간 회의가 끝나고 투표가 시작되었다. 모두들 긴장되는 순간, 학교폭력의 피해를 입고 상처가 아물지 않았던 피해 학생 입장에서 결과가 나올 것인지, 아니면 그동안 명예 회복을 위해 온 가족이 말없이 노력해 온 가해 학생의 편에서 결과가 나올 것인지는 아무도 몰랐다.

심의위원들의 투표 결과 한 표 차이로 졸업과 동시 삭제는 실패하고 말았다. 가해 학생과 가족의 노력은 백 번 인정되지만 피해 학생 가족의 상처는 아직 치유되지 않았으며, 특히 피해 학생과 가해 학생의 보이지 않는 감정은 크고 작은 불씨로 남아 있음이 가장 큰 이유였다. 솔직히 나는 내심 가해 학생 가족의 서먹함과 그들의 처절한 노력이 인정되어 졸업과 동시 삭제 결과가 나오기를 기대했다.

학교는 걱정이 앞섰다. 행여나 결과에 불복하여 재심이나 행정 소송을 진행하지 않을까. 가해 학생 아버지에게 결과에 대한 알림 전화 연락도 망설여졌다. 내가 왜 미안함이 앞서는 것인지? 실망감과 좌절감은 어떻게 위로해야 할지?

어렵게 전화를 드렸더니 아버지의 상실감과 한숨은 표현이 어려웠다. 한 표 차이의 이유도 설명했다. 설명을 들은 아버지는 "아들에게 세상일은 노력해도 안 된다는 잘못된 인식이 심어질까 두렵습니다."라는 말을 덧붙였다. 안타까운 마음과 가해 학생 걱정까지 겹쳐 어떤 말의 위로를 해야 할지 떠오르지도 않았다. 지금까지 피해 학생 가족이 겪었을 고통과 그들의 지워지지 않는 상처는 앞으로도 치유되기 쉽지 않을 것으로 생각되었다.

일주일이 지나도 가해 학생 측에서 재심이나 행정 소송은 없었다. 몇 주가 지난 어느 퇴근길에 가해 학생 아버지에게서 전화가 걸려왔다. 마음이 많이 아팠다고, 그리고 아들을 위해 그동안 준비한 노력이 물거품이 되었지만 현실을 받아들이기로 했다고.

무엇보다 상담 과정에서 자신의 이야기를 들어주고, 위로하며 관련 서류를 수집하고 검토해 심의회를 성립시킨 과정만으로도 위안이 되었다며 고마워했다. "다만 아들이 어떻게 받아들일까 그것이 두렵습니다."라며 고심했다.

며칠 뒤 졸업식이 끝나고 가해 학생을 불렀다. 부모님도 아들의 졸업을 위해 참석했고, 오늘 점심도 맛집 예약을 해두었다고 했다. 가해 학생에게 부탁을 했다.

이제는 고등학생이 되니 네가 아버지를 지켜드려야 할 때다, 아버지를 안심시키고 "저 잘할 수 있어요, 걱정하지 마세요."라며 마음고생이 많았던 부모님을 위해 따뜻한 말 한마디 해드리고 고등학교 생활 최선을 다해 노력할 것을 당부했다.

약 두 달이 지났다. 가해 학생이 궁금해 늦은 저녁 전화를 걸었다. 예상외로 목소리가 밝았다. 학원 수업 마치고 귀가하는 길이라며 이제는 오히려 그가 말한다.

"선생님께서도 이제 걱정하지 마세요. 선생님도 제가 지켜드릴게요."

자식 교육을 잘못한 부모 불찰입니다?

컴퓨터 수업 시간 중 누군가 컴퓨터 폴더 안에 새로운 폴더를 하나 만들었다. 사귀고 있는 여학생과 남학생의 실명이 들어간, 그 둘을 암시하는 입에 담을 수 없는 성적 모독의 새 폴더였다. 수업 중 폴더 이름을 발견한 피해 학생은 곧장 학생부에 달려와 학교폭력 성추행으로 신고를 했다.

폴더가 만들어진 시간과 수업 시간표를 추적하여 그 자리 앉았던 학생을 조용히 불러 "새 폴더 네가 만들었냐?" 물었다. "제가 알지도 못하는 그 학생 이름으로 폴더를 왜 만들어요?"라며 펄쩍 뛰었다.

더 이상 사실 여부를 묻지도 따지지도 못한 채 피해 학생을 조용히 불렀다. "새 폴더를 누가 만들었는지 학교는 알 방법이 없다. 심증은 가지만 자신이 아니라고 딱 잡아떼면 찾아낼 방법이 없다." 피해 학생의 억울한 감정을 감싸 안으며 조용히 달래주었다.

학교에서 아무것도 할 수 없는 안타까운 현실 앞에서 그렇게 사건을 일단락 지었다. 그러나 이틀이 지난 후 피해 학생이 잔뜩 화가 나서 다시 학생부실을 찾아왔다. 이번에는 더 심한 욕설에 성적 모멸감을 느낄 수 있는 표현으로 새 폴더를 바탕화면에 공개적으로 깔아버렸다는 것이다.

컴퓨터 폴더를 만든 시간과 수업 시간표를 추적하였더니 역시나 같은 학생이었다. 다시 한번 조심스레 그 학생에게 물었다. "또 이상한 새 폴더가 생겼는데, 수업 시간과 새 폴더 만든 시간을 확인하니 네 자리가 분명하다. 혹시 너랑 연관이 있느냐?"라고 물었더니 이번에는 학생이 정색을 하고 화를 내며 소리를 질렀다.

"아니 바쁜데 왜 자꾸 저보고 그러세요? 제가 친분도 없고 알지도 못하는 애한테 왜 그러겠어요?"

"수업 시간과 폴더 만든 시간이 네가 수업 받은 시간이랑 일치한다."고 말하니 컴퓨터 성능이 떨어지면 가끔 다른 학생 자리에서 컴퓨터 수업 하는 경우도 있으니 자신은 절대로 아니라고 우겼다.

피해 학생에게 새 폴더 만든 학생을 찾지 못했다고 상황을 설명했더니 방과 후 곧장 경찰서로 달려가 성추행 사건으로 망설임 없이 신고하고 말았다. 다음 날 경찰서에서 전화가 걸려 왔다. 그 자리에 앉았던 학생에게 한 번만 더 본인이 한 행위가 맞는지 확인을 부탁하는 전화였다. 역시나 그 학생은 화가 난 얼굴이었고 이제는 억울한 사람 만든다는 표정으로 소리를 질렀다. "알았다. 선생님은 너를 믿는다." 더 이상 묻지 않겠다며 상황을 경찰에게 전달하였다.

그날 오후 사이버 수사대에서 두 명의 사복 경찰이 학교를 방문하였다. 학교 전체 20여 대의 CCTV를 백업받기 위한 작업이 진행되었다. 용량이 크니 백업 시간도 많이 걸렸다. 5시간 이상 시간이 소요되니 경찰관이 백업 작업을 걸어두고 다른 볼일을 보고 올 정도였다.

다음 날 경찰관이 다시 찾아왔다. 어제 못다 한 백업 작업을 하기 위해서였다. 그때 나에게 전화가 한 통 걸려 왔다. 자신이 한 행위가 아니라고 딱 잡아떼던 그 학생의 아버지였다. 지난밤 아들이 잠을 이루지 못하고 고민에 빠져있는 모습을 우연히 발견하고, "혹시 너 무슨 고민이 있냐?"라고 물었더니 학교에서 일어난 자초지종과 고민을 털어놓았다는 것이다.

결국 아버지가 학교 컴퓨터 새 폴더를 만든 사건은 자신의 아들 행위가 맞다며 자수를 한 것이었다. 상황을 전달받은 경찰은 백업을 즉시 중단하고 철수하였으며, 학교에서는 피해 학생 학부모 요청에 따라 학교폭력심의위원회 심의를 요청하게 되었다.

진술서를 받기 위해 가해 학생을 불렀다. 그렇게 당당하게 소리지르며 노려보던 학생이 고개 숙인 채 말이 없었다. 본인은 사건이 이렇게 커질 것이라고는 생각지도 못했던 모양이었다.

다음 날 오전, 점잖은 중년 신사 한 분이 가벼운 정장 차림으로 학교를 방문했다. 가해 학생 아버지였다. 지난밤 잠 못 든 아들의 심리 상대와 상황 등을 설명하였고, 자식 교육을 잘못 시킨 아비의 잘못이라는 진심 어린 사과와 피해 학생 가족에게 사과하고 싶다고 했다.

아버지의 자식을 위한 마음과 발 빠른 대처는 모두에게 귀감이되었다. 하지만 피해 학생과 여자 친구의 치명적인 모욕감은 씻을수 없는 상처로 남게 되었다. 한 번이 아닌 두 번의 시도는 전교생에게 소문이 꼬리를 물고 삽시간에 번지게 되었으며, 피해 학생은얼굴을 들고 학교를 다닐 수 없다며 피해를 호소했다.

학생부장 입장도 좋지만은 않았다. 학생을 찾아가 새 폴더 사건에 대해 조용히 물었을 때 소리를 지르며 범죄자 취급한다며 노려보던 강한 눈빛은 쉽게 잊히지 않았다.

학교폭력심의위원회 결과가 밝혀졌다. 가해 학생의 반성과 아버지의 발 빠른 대처와 자식을 위해 용서와 선처를 바라는 마음이 위원들의 마음을 움직였을까? 비교적 가벼운 징계와 학부모 특별교육 이수 명령이 내려졌다. 사건이 마무리되면서 아버지의 아들을위한 적극적인 대응은 다른 학부모들과 비교되었다. 지켜보는 교사들도 모든 학부모의 마음이 이와 같았으면 하는 바람이었다.

가해 학생, 피해 학생에게 심의 결과를 우편으로 안내하였고, 특별교육 이수를 위한 교육 센터와 날짜, 이수 시간을 상세히 안내하였다. 가해 학생은 교육 일정에 따라 특별교육과 사회봉사를 성실히 이수하였으나 문제가 발생하였다. 학부모가 특별교육을 이수하지 않는 것이다.

학교폭력 특별교육은 3개월 이내 이수를 법적으로 의무화하고불응할 경우 해당 교육감에게 통보하여 재이수를 명령하며, 이에 불응할 경우 과태료가 부과됨을 재안내하였다. 그런데 가해 학생 아버지는 특별교육 이수 명령에 대해 연락을 받은 적이 없다고 딱 잡아떼었다.

학교폭력심의 결과를 우편으로 발송하였고, 전화 통화로도 안내하였다. 또 학생에게도 여러 차례 아버지도 특별교육을 반드시 이수해야 한다고 안내하였는데 들은 바 없다니, 너무나 황당하여 이런 상황을 어찌 해결해야 할지 답답하기만 했다. 가해 학생은 징계 절차에 따라 사회봉사 명령과 특별교육 모두 이수하였는데 딱 잡아떼니 이상한 기운도 돌았다.

시간이 3개월 넘게 지나도록 끝내 아버지는 특별교육을 이수하지 않았다. 학교는 가정 사정으로 인한 특별교육 연장 신청을 의뢰하여 이수할 수 있도록 재신청을 하였으나 본인은 바쁘다는 핑계만 늘어놓았다. 그렇게 재연장 신청에 또 연장을 여러 차례 반복하였으나 한 달을 더 기다려도 끝내 교육을 받지 않았다. 그저 "나는 관심 없어요, 바빠요."라는 대답만 돌아왔다.

과연 "자식을 위해 교육 잘못 시킨 부모 불찰입니다."라며 고개 숙였던 그 아버지가 맞는가? 발 빠른 대처 능력을 보여주었던 그 학부모가 맞는가? 사건이 발생했을 때 그렇게 학교를 자주 방문했던 아버지가 특별교육 받을 시간이 없다는 것이다. 그보다 더 이해할 수 없는 것은 교육이수 통보를 받은 적이 없다는 부분이었다.

사람은 겉이 다르고 속 다르다더니, 이렇게 학교와 행정 사항을 무시할 수 있단 말인가? 몹시 불쾌하여 더 이상 가해 학생 아버지와 대화 자체가 싫었다. 그렇게 연말이 다가왔다.

어느 날 교감 선생님이 나에게 지난번 컴퓨터 사건 생활기록부 졸업과 동시 삭제를 위한 회의를 준비하라는 것이었다. 졸업과 동시 삭제 회의를 왜 해야 하는지 의문이 들었다. 그래서 몇 가지 이유를 들어 회의가 성립될 수 없음을 들어 완강히 거부했다.

다음 날 퇴근길에 아주 오랜만에 그 아버지에게서 전화가 걸려 왔다.

"하이고, 선생님. 잘 계십니까? 연말인데 선생님과 소주 한잔하고 싶어서 전화드렸습니다."

과연 내 대답이 어떻게 나왔을까? 차마 욕은 할 수 없었지만 그렇게 바쁜 사람이 그 바쁜 연말에 왜 나 같은 사람에게 소주 한잔하자고 하는지, 교감 선생님을 어떻게 구슬렀는지, 좋은 말은 나오지 않았다. 그 이후에도 한두 번 더 회의 개최를 학교에서 요구하였지만 완강히 거부하였다.

졸업과 동시 삭제에는 몇 가지 조건들이 있다. 그중 '징계절차에 따른 이수 사항을 성실히 이행하였는가?' 라는 항목이 있다. 결국 그 회의는 성립되지 않았다.

아이들의 사소한 말다툼이 부모싸움 된다

몇 해 전 모 방송국의 프로그램 '10대 욕에 중독되다'에서 아이들의 욕설이 이제는 심각한 수준을 넘어 일상이 되었다는 보도가 있었다. 생활 속에 욕설을 사용하는 아이들이 95%에 이른다는 내용이었다. 워낙 아이들의 욕설이 습관처럼 되었기에 놀랄 일은 아니었다.

나쁜 감정으로 화가 나서 욕을 하는 것이 아니라 일상생활 속 친구와의 대화에서도 욕설이 자연스레 포함되어 있다. 욕설에 따른 신종 언어도 참으로 많다. 교직에 오랫동안 몸을 담고 있다 보니 아이들 욕설을 자연스럽게 접하게 되고, 때로는 아이들이 선생님과 대화 속에서도 무심코 욕설을 하는 일은 허다한 일이 되었다.

그렇다면 어른들은 욕을 하지 않을까? 퇴근 후 지인들과 술을 한잔하다 보면 옆 테이블 술 마시는 사람들 대화 속 역시 욕설은 자연스럽게 포함되어 있다. 심지어 웃음이 묻어있는 재미있는 대화 속에서도 어김없이 욕설이 섞여있다. 화가 나서 욕을 하는 것이 아니라 웃으며 떠드는 소리에도 욕설은 기본으로 등장한다는 것이다. 나 역시 욕설을 자연스럽게 쓸 때도 있다.

지역 교육청에서는 20여 년 전부터 '바른 말 고운 말 쓰기' 교육 과 캠페인을 꾸준히 해왔지만 별다른 효과를 얻지 못하고 있다. 때 로는 아이들의 욕설이 무슨 뜻인지를 몰라 인터넷을 뒤져 보고 이 해하는 경우도 있다. 그만큼 어른들이 모르는 새로운 욕설도 많이 탄생한다.

힘든 군 생활에서는 욕설이 더 많이 쓰인다. 남자들의 군 생활이 과연 추억으로 남았을까? 듣지 않아도, 경험하지 않아도 뻔한 일이 다. 너무도 대화 깊숙이 자리한 일상의 욕설을 재미있게 승화시키 지 못한다면, 적어도 감정이 격할 때라도 욕설을 자제할 수 있어야 한다. 그것은 그 사람의 인격이요, 품격이다.

아이들은 뒷담화를 참 좋아한다. 어른들도 마찬가지다. 친했던 어느 여중생들이 뒷담화를 한 일이 있었다. 그들은 친했던 사이였 지만 자연스레 한둘 사이가 멀어지면서 그 서운함에 뒷담화가 이 어진 것이었다. 아이들끼리 이런 일은 흔한 일이고 그들만의 세상 이기도 하다. 물론 지속적인 괴롭힘이나 왕따와는 다르다.

친했던 친구들과의 사이가 멀어지면서 뒷담화를 하는 예는 남학 생보다 여학생들 사이에서 자주 발생한다. 어느 여학생이 자신을 뒷담화 하는 일이 몇 회 반복되자 힘들어했다. 곁에서 지켜보던 어 머니가 상대 여학생에게 전화를 걸어 흥분한 나머지 입에 담지 못 할 욕설을 퍼부어댔다. 욕설을 듣던 여학생이 너무 심하다고 생각했는지 어느 순간부터 녹음하여 부모님에게 들려 주었다. 어느 부모인들 가만있을까?

전화 내용을 들으니 해도 해도 너무한다는 생각이 저절로 들었다. 고함에 욕설은 기본이고, 동네 노는 아이들을 시켜 학교도 다니지 못하게 하겠다는 등 '아이를 키우는 부모가 맞을까'라는 생각이 들 정도였다. 아이들에게도 인격이 분명 존재하는데, 타이르면 알아들을 아이들인데 녹음 속의 흥분과 격분은 쉽게 가라앉지 않았다.

다음 날 학교는 난리가 났다. 학생에게 욕설을 퍼부었던 어머니와 피해 학생 측 학부모가 함께 모였다. 관련 여학생들은 당시 상황을 차분하고도 설득력 있게 설명하고 자리를 떠났고, 남은 학부모들의 설전이 시작되었다.

피해 학생의 부모는 "어찌 부모가 돼서 그럴 수 있느냐? 당신은 자식 키우지 않느냐? 모두 귀한 자식이다." 등으로 퍼부어댔고, 가해 학생의 학부모는 머리를 숙인 채 "죄송합니다."라는 말만 되풀이하였다.

그러다 흥분한 피해 학생 학부모가 "당신이 어떻게 아이에게 협박을 했는지 직접 들어보세요!"라며 파일을 틀었다. 내심 녹음 파일을 오픈하지 않기를 바랐으나 결국 듣게 되었다. 억압과 협박, 고함 소리에 옆에서 듣는 학부모들의 표정이 일그러짐은 예견된 모습이었다.

만약 그 자리에 가해 학생과 피해 학생이 있었다면 그들의 상처는 어떠했을까? 다행히 가해 어머니가 머리 숙여 사과하였고, 피해 학부모 역시 사과를 받아들여 잘 마무리되었다.

남학생들의 사소한 말싸움이 학부모 싸움으로 확대된 사건들도 많다. 내 아이가 학교에서 따돌림을 당하고 뒷담화에 폭력까지 당한다면 가만있을 부모는 없다. 학교폭력으로 신고하기도 하지만 학교를 찾아와 가해 학생을 만나 점잖게 타이르고 용서하는 경우는 드물다.

남학생들 역시 주고받는 대화 속에 약간의 욕설과 희롱은 자신도 모르게 내뱉는 경우가 많다. 문제는 그것을 전해들은 어머니가 가해 학생에게 전화를 걸어 짧지 않은 시간 동안 고함과 욕설에 협박까지도 서슴지 않은 일이 발생하였다. 그리고 "내 앞에 당장 달려와서 무릎 꿇고 사과하면 용서하겠다."며 고함은 지속되었다.

통화를 하던 어린 학생이 너무한다는 생각이 들었는지 어느 순간부터 녹음하게 되었고, 주변에 함께 있던 친구들도 녹음하였다. 녹음 파일은 당연히 그의 부모에게 전달이 되었다. 그 후 일어날 일은 너무나도 뻔한 수순이었다. 내 자식이 귀하면 남의 자식도 귀하다는 것을 왜 인정 못 하는지, 아이들의 세상을 조금만 이해한다면 쉽게 해결될 수 있는 문제에 어른들이 개입하여 너무나 크게 만드는 일이 비일비재하다.

어른들이 그렇듯 아이들 역시 끼리끼리 모여서 논다. 비슷한 성격의 아이들이 비슷한 범위에서 비슷한 성향으로 무리를 짓는다.

때로는 엉뚱하게 어울리는 경우도 있지만 그들만의 이유도 있다. 조금만 이해하고 내 아이 얘기만 듣지 말고 상대편의 얘기를 들어 보면 쉽게 이해할 수 있다.

아이들이 본능적으로 자신을 방어하는 수단은 거짓말이다. 거짓 말이기보다 자신에게 불리한 얘기는 하지 않는 것이 아이들이다. 그냥 인정하고 이해하고 때로는 알고도 모른 척해야 하고, 허물을 덮어주는 아량도 필요하다.

며칠만 지나면 아이들이 했던 거짓말과 불리한 증언들은 자연스 레 밝혀지기 마련이다. 아이들 눈높이에서 바라보고 나의 학창 시 절을 조금만 생각해 보면 웃음이 나올 것 같다. 이 세상 아이들은 모두가 소중하다.

고소와 고발이 난무하는 시대

　　　　　학교폭력의 고소 고발 사건은 매우 심각한
수준에 이르렀다. SNS를 통해 욕설 문자를 주고받고, '만나면 가만
두지 않겠다' 는 문자만으로도 학교폭력은 성립되며, 복도를 지나
치다 어깨가 부딪쳐도 그것이 의도적이면 학교폭력으로 해석할 수
있다. 보이지 않게 은근히 괴롭힌다거나 교실 내에서 특정인을 대
상으로 한 외모와 신체 비하 발언 역시 학교폭력으로 신고할 수 있
다.

　가장 흔한 학교폭력 신고 사례는 친하게 지내던 여학생들 관계
에서 의도적인 뒷담화와 욕설로 서로를 힘들게 하는 것이다. 작은
뒷담화가 점점 부풀어 소문이 꼬리를 낳으면서 오해가 눈덩이처럼
커져 양측 모두 상처를 안고 신고하는 경우이다. 남학생들의 뒷담
화는 대부분 화해와 소통으로 정리되거나 스스로 참는 경우가 많아
신고접수 사례는 적은 편이다.

　학교폭력 사건이 접수되면 먼저 피해 학생을 불러 상담을 통해

그동안 겪었던 고충을 확인하며 경위서를 작성한다. 이어서 가해 학생을 불러 사실 여부를 확인하고, 가해 학생도 경위서를 작성한다. 그 과정에서 단순한 갈등 관계는 가해 학생과 피해 학생을 한자리에 불러 놓고 그동안 겪었던 심리적인 변화와 힘들었고 오해했던 부분들을 지적한다. 그리고 무엇이 잘못되었는지를 되돌아보며 화해와 사과로써 문제 해결을 유도한다.

사실 이런 경우 조금만 마음을 열면 오해했던 시점과 자신의 잘못된 행위를 반성하게 되어 아이들의 마음은 봄눈 녹듯 녹아 상대방을 용서하며 상황이 종료되는 경우도 많다. 물론 심각한 폭행으로 진단서가 첨부되었거나, 오랜 시간 집요한 괴롭힘과 여러 명이 무리를 지어 특정 인물을 상습 폭행한 경우는 결코 용서될 수 없다.

본인 판단에 심각성이 크지 않다고 느껴지면 신고 자체를 망설이는 경우도 많다. 아이의 판단만으로 종결할 수 없기에 부모님의 생각을 여쭤보면 "제 아이 뜻에 맡기겠습니다."라고 하는 것이 대부분 학부모들의 판단이다.

학교폭력 심의 후 가해 학생과 피해 학생을 관찰하면 학교폭력 심의 결과 징계 받은 경우보다 상담을 통해 소통하고 서로 용서하여 마무리하는 경우가 아이들의 관계도 훨씬 더 좋아진다. 학교폭력으로 징계 받은 학생들은 "난 이미 폭력에 대한 대가를 치렀네요." 생각한다. 즉, 자신을 신고한 학생에 대한 반성보다 평생 좋지 않은 앙금으로 기억하는 것이 일반적이다.

하지만 예상되지 않는 경우도 발생한다. 충분히 아이들끼리 서로 화해와 소통으로 해결할 수 있는 상황인데 부모가 개입하여 걷잡을 수 없이 사건이 커지는 경우도 허다하고, 부모의 집요한 요구로 인하여 결국 학교폭력 심의까지 가는 경우도 많다.

사실 단순 폭력과 SNS를 통한 욕설 등은 학교폭력 심의 결과 서면사과나 협박 및 보복행위 금지로 끝나는 경우가 많다. 즉, 학교폭력 심의에서도 반성과 화해의 태도가 있다면 사건의 심각성을 낮게 판단하고 가벼운 처벌이 내려지는 것이다. 그렇다면 왜 이런 고소와 고발이 난무할까? 답답하지 않을 수 없다.

어릴 때부터 아이들은 사랑을 듬뿍 받으며 자란다. 귀하지 않은 자식은 어디도 없을 텐데 무엇이 문제일까? 어린아이들은 자라면서 어린이집과 유치원을 다니며 누구나 정상적인 교육 과정을 밟는다. 아이들의 세상은 따로 있다. 아이들은 순수한 눈높이에서 생각과 사고력이 발달하고 때 묻지 않은 미소와 조건 없는 호기심으로 세상의 하루를 배우며 자란다.

아이들의 가장 완벽한 교육은 엄마, 아빠에게 배운다. 언어를 배우고 엄마, 아빠의 행동에서 모든 것을 배운다. 이른바 가정교육이다. 부부싸움이 잦은 가정의 아이들은 엄마 아빠의 욕설과 폭력성을 듣고 배우게 된다. 그렇게 자란 아이들은 스트레스와 심리적 불안감이 높아지며, 때로는 자신의 스트레스를 행동으로 표출하기도 한다.

화목한 가정의 부모들은 아이를 대하는 표정과 목소리 억양도 다르다. 아이들은 부모님의 행동에 따라 자연스럽게 어른을 공경하고 배려하는 마음과 예절을 습득하게 된다.

교육이란 주변 인물이나 환경에 따라 자연스럽게 길러진다. 교육 환경의 중요성이다. 그런데 고소와 고발이 많은 시대가 다가올 것 같다. 자신에게 작은 갈등 문제가 발생했을 때 스스로 해결하지 못하는 아이들은 학교폭력으로 신고 접수를 먼저 하고 본다. 얼마든지 대화를 통해 옳고 그름을 판단하고 부딪치려 하지 않고 잘못된 부분을 개선할 수 있는 문제임에도 해결을 위한 고민은 마음속에 넣어두고 학교폭력 신고부터 한다.

이렇게 자란 아이들이 성인이 되어 직장생활이나 사회생활에서 갈등과 문제가 발생하면 과연 이들은 얼마나 스스로 해결할 수 있을까? 자동차 운전 중 발생한 가벼운 접촉사고, 이웃 간의 층간 소음과 또 다른 갈등, 직장 동료들과의 사소한 문제, 친구 간의 채무 관계, 형제간의 재산 문제 등 대화와 타협으로 해결하기보다 고소와 고발을 통해 해결하려는, 이른바 고소와 고발이 남발하는 시대가 올지도 모른다는 생각에 씁쓸하기만 하다.

아이들보다 자신의 이익만 생각하는 사람들

        어느 날 동네 주민이라며 칠순은 넘어 보이는 어르신이 교장실을 찾았다. 학교 교문에서부터 진입로 약 30m 거리의 담벼락 너머 작은 텃밭 주인이라 했다. 이유인즉, '학생들이 야간 수업을 하고 귀가하는 시간 동안 가로등이 켜져 있어 식물이 자라지 못하고 방해가 되니 가로등을 꺼달라'는 민원이었다. 며칠이 지나 마흔쯤 되어 보이는 중년의 남성이 또 학교를 찾았다. 며칠 전 다녀간 칠순 노인의 아들인데 가로등을 꺼달라는 것이다.

    특성화 고등학교는 기능 경진대회가 있거나 자격증 시험을 앞두고 방과 후 수업을 진행한다. 많은 수의 학생들은 아니지만 학교에서 예산을 편성해 저녁을 먹여가며 밤 9시까지, 교사들은 수당도 없이 특별 수업을 진행한다.

    학교 정문에서 버스 정류장까지는 약 400m는 떨어져 있고, 주변에는 주택이나 건물도 없어 여학생 혼자서 걷기에는 부담스러운 거리다. 무엇보다 학교 중심 2km 이내 성범죄자가 둘씩이나 거주하고 있다는 공문이 수시로 날아오고 있었다.

학생들의 안전을 담당하는 나로서는 이해가 되지 않는 민원이었다. 도심 속의 텃밭, 시골처럼 농사로 생계를 이어가야 하는 본업도 아니고, 있는 땅 버려두기 아까워 농작물이라도 가꾸어 작은 수익을 얻고자 함인데, 아이들의 안전보다 식물의 성장을 더 생각하는 주민이 내 상식으로는 도저히 이해가 되지 않았다. 본인의 아들과 딸이 학교에 다니고 있다면 과연 이러한 민원을 제기할 수 있을까?

고민 끝에 학교는 가로등 전선을 절단하고 말았다. 야간이면 현관에서 교문까지 깜깜한 암흑으로 변했다. 저녁이면 운동장 걷기를 위해 운동 나오는 주민들도 있는데 깜깜한 운동장을 걸어야 했다. 야간 특별 수업을 마치면 귀가하는 학생들에게 여학생 혼자는 위험하니 남학생들과 함께 삼삼오오 짝을 지어 안전 귀가하라는 조치가 전부였다.

과연 전선을 절단하는 방안이 최선이었을까? 가로등 불빛을 차단하기 위한 가림막도 있고, 불의 밝기가 약한 등으로 교체할 수도 있다. 1년 중 야간 수업을 하는 날이 그리 많지 않고, 야간 수업 기간도 초여름에 집중되어 있다. 여름철에는 밤 여덟 시나 되어야 어두워지니 가로등이 켜진다 해도 고작 한 시간 정도에 불과한데 구체적 일정에 대해 양해를 구하고 주민을 설득할 수는 없었을까?

학생들의 안전을 책임져야 할 학교에서 작은 텃밭을 위한 동네 주민의 민원이 우선되어야 하는가? 그렇다면 시골길 가로등도 논과 밭 식물을 위해 군청에 민원을 제기하면 모두 꺼야 하는가? 만약 학생들에게 불미스러운 일이라도 발생하면 누구를 탓할 것인가?

모든 것을 학교의 책임이라 탓하고 싶지는 않다. 다만 학교에서 그렇게 처리해야만 하는 구조적 배경과 교육청의 행정적 처리 기준에 대해 씁쓸할 따름이다. 과연 무엇이 우선되어야 하는지 나는 지금도 생각하면 민원을 제기한 주민도 학교의 행정도 이해되지 않는다.

또 다른 민원이 있었다. 학교 학생들을 보호하기 위해 전담 경찰관 이름과 긴급 전화번호를 학생들이 알기 쉽도록 라벨로 붙여 두었다. 학생들이 학교폭력 관련 고충을 전담 경찰관에게 상담하기도 하고 긴급 상황이 발생하면 경찰에게 도움을 요청하기 위한 제도이다. 선생님에게 상담하지 못할 많은 고민을 경찰을 통해 상담하기도 하며 지금도 학교별 전담 경찰제는 시행 중이다.

학교에 경찰이라는 단어 자체가 붙어 있는 것이 혐오스럽다는 민원이 들어왔다. 그런데 전담 경찰에 대해 무섭다거나 혐오감을 느낀다는 학생은 거의 없다. 학생들은 학교 주변 안전을 위해 도움 줄 수 있는 경찰관이 있다는 것을 인지하고 있으며 관심 있는 아이들은 우리 학교 전담 경찰관 이름과 전화번호를 자신의 핸드폰에 저장하기도 한다.

경찰이 학교에 출동해도 긴급 상황이 아니면 경찰차는 학교 밖에 주차하고 걸어서 학교에 들어오며 학교 전담 경찰관도 학교 방문 시 사복 차림으로 온다. 학생들의 행여 모를 긴장감을 감추기 위해서다.

　민원 자체가 잘못되었다는 것이 아니라 교육부와 경찰청의 국가적 제도에 대해 개인의 생각이 개입되어 항의하는 것은 학교에서 어떻게 처리해야 할지 고민이다. 어쨌든 학생들의 사건에 경찰의 개입이 더 많아지는 현실에서 무엇이 정답인지 답답하기만 하다.

체육복 등교를 허용해 주세요

학교에는 생활 규정이 있다. 학생들의 생활에 대한 전반적인 행동 규정으로 학교생활 및 단정한 용의, 즉 학생다운 복장, 두발, 교복의 형태, 색조 화장, 신발, 핸드폰 사용 등 학교마다 조금씩 차이는 있지만 대부분 규정이 비슷하다.

최근 학교에는 생활복이 생겼다. 여름철 무덥고 습도가 높아 남학생이든 여학생이든 교복이 덥고 불편한 것은 당연하니 그것을 해소하기 위해 생활복이라는 것을 만들었다.

반바지에 반팔 티셔츠는 보기만 해도 시원하고 편리하기 그지없다. 분명 여름철을 위한 복장이며, 등하교 시 교복을 대신한다. 편리한 것은 또 있다. 운동복으로도 허용해 체육 시간 교복 갈아입는 번거로움을 해소했다. 이보다 더 편한 옷이 어디 있을까?

체육복 등교를 허용하라는 민원이 제기되었다. 아이들 체육 시간이면 옷 갈아입을 장소가 없으니 화장실에서 갈아입는 불편함을 해

소해 달라는 것이었다. 그런 불편을 해소하기 위해 지난해 학교에서는 많은 예산을 들여 체육관 3층 공간을 활용해 동편과 서편을 나누어 동편은 여학생, 서편은 남학생 탈의실과 옷을 보관하는 사물함까지 푸른색과 분홍색으로 구분하여 아주 편리하게 잘 만들었다.

문제는 아이들이 체육관 입구까지 체육복을 들고 가서 갈아입는 자체가 불편하다는 것이다. 일반적으로 체육 시간에 옷을 갈아입을 때면 여학생에게 교실을 내어주고 남학생들은 화장실에서 옷을 갈아입는다. 어느 학교든 그들만의 자연스러운 문화로 정착되었다. 대부분 학생들은 그런 상황을 불편해하지 않는다. 체육관까지 옷을 들고 가서 갈아입는 불편함보다 교실 옆 화장실에서 갈아입고 가는 것이 편하기 때문이다.

학부모들에게 여쭈어 보았다. 여름철은 생활복이 있어 편리하지만 겨울철이 되면 내 아이 교복을 챙겨주는 것이 다소 귀찮다는 것이다. 맞는 말이다. 내 아이 중고등학교 시절 주말이면 교복을 세탁소에 맡겼다가 찾아야 하는 번거로움과 바지도 두 개씩이나 구입하여 다림질하기는 쉽지 않은 일이었다.

체육복 등교는 분명 편리하다. 그렇다면 교복은 언제 입어야 하나? 내년부터 신입생이 입학하면 체육복 등교 허용이 되고, 여름철이면 생활복을 입는 것이 편한데 교복은 누가 구입하겠는가? 내가 학부모라도 입지도 않을 교복은 구입하지 않겠다. 신기한 것은 교복과 체육복 구입비를 지자체에서 지원해 준다. 참 좋은 세상이다.

체육복 등교를 허용하라는 민원은 끝없이 제기되었다. 교감 선생님께서 답변하면 반박 글이 끊임없이 올라왔다. 교육청 장학사도 같은 내용으로 민원이 여러 차례 제기되면 골머리가 아프다.

민원을 제기한 학부모가 본인의 뜻대로 해결되지 않자 "왜 교장을 징계하지 않느냐?", "장학사 모가지를 자르겠다."는 등 입에 담지 못할 언어를 망설임 없이 내뱉었다. 정말 너무한다. 민원이 제 뜻대로 되지 않는다고 막말해도 되는 것인가?

편리한 체육복과 생활복을 고집하는 사람들이 많겠지만 아이들의 교육을 생각해 교복을 고집하는 사람들도 있다. 이웃 학교에 문의해 보았다. 체육복 등교를 희망해서 허용했더니 "입지도 않을 교복을 왜 구입하였는가?" 하는 민원이 또 올라온다고 했다.

학교는 수강료를 받고 수업만 하는 학원이 아니다. 전인교육과 인성 교육에도 집중해야 한다. 지각과 결석이 잦으면 이유를 찾아야 하고, 행여 학생 몸에 멍든 자국이나 상처가 있으면 그 또한 이유를 찾아야 한다. 상담하고 가정사도 파악해야 하고 상황에 따라 가정방문도 해야 한다. 학업 성적도 관리해야 하고 때로는 이성 친구 상담도 해야 하는 것이 학교의 역할이다.

이런저런 일들을 학부모에게 전화하면 왜 사소한 것으로 전화하느냐고 화를 내기도 하며, 의도적으로 전화를 받지 않는 학부모도 있다. 사소한 문제가 발생하여 담임선생님이 가벼운 훈계와 상담으로 잘 마무리하였으나 얼마 후 또 다른 문제가 발생하여 지난번에도 이런 사실이 있었다고 얘기하면 왜 그런 사실을 이제야 얘기하느냐, 왜 진작 연락하지 않았느냐, 직무 유기를 들먹이고 책임소재를 따지며 학교를 요란스럽게 하는 일도 적지 않다.

참 어렵다. 학부모와 교사 어느 한쪽도 아이들을 생각하고 걱정하지 않는 사람은 없다. 학교에는 생활 규정과 교칙이 있다. 세월 흐름에 따라 생활 규정이 많이 수정되고 변한 것은 사실이다. 생활 규정은 얼마든지 수정할 수 있고 바꿀 수도 있다. 교복을 없앨 수도 있고, 학교생활을 자율적으로 운영할 수도 있다.

학생과 학부모 의견을 묻고 동의를 얻게 되면 학교운영위원회 심의를 거치는 것이 순서다. 민원을 제기하는 사람들에게 학교 방문을 부탁했지만 나타나지도 않는다. 교육청이나 상위 기관에 자신의 목소리가 관철되기를 바라는 사람들이다. 내 생각이 언제나 옳은 것은 아니다. 다른 사람의 의견이 틀린 것이 아니라 다를 뿐이다.

최근 학교는 투명해졌다. 어떤 안건이든 학교에서 일방적으로 결정하는 일은 사라졌다. 운영위원회 심의를 거쳐야 하고 새로운 사업에 대해서는 사안 설명도 곁들여야 한다. 그 어떤 내용도 좋다. 아이들을 위하고 학교를 위한다면 여론조사와 학부모들의 목소리를 듣고 타당성을 조사하여 심의를 얻으면 된다.

상대를 배려하고 대화하며 서로가 존중되었을 때 학교 분위기는 달라진다. 이 모든 배려는 아이들에게 되돌아간다는 것을 기억해야 한다.

교복이 사라지고 있다

아주 오래전 내가 다니던 대구의 어느 중학교는 춘추복이 없었다. 70년대의 가난한 시절 춘추복은 사치였을까? 동복과 하복이 전부였다. 3월 중학교에 입학하여 동복만을 줄곧 입다가 5월 중순이 되어서야 하복을 입었다. 4월과 5월 중 날씨가 더운 날이면 동복 겉옷을 벗어들고 무거운 책가방은 팔꿈치에 걸고 중앙로를 누비며 하루빨리 하복을 입고 싶어 했던 기억이 생생하다.

아침 등굣길 교문에서 모자를 쓰지 않았거나, 배지가 없거나, 교복 단추가 하나라도 떨어진 날은 교문에서 선도부에게 혼쭐이 나던 기억도 생생하다. 선도부는 공포 자체였다.

세월이 흘러 전두환 정권이 시작되면서 학교에도 커다란 변화의 바람이 불었다. 교복 자율화, 두발 자율화였다. 당시 중고생들의 두발은 빡빡머리 삭발이었으니 학생들의 환호성은 이루 말할 수 없었다. 세상이 달라졌으며 마치 우리들 세상처럼 하늘을 나는 듯한 기분에 세상을 다 가진 것 같았다.

당시 많은 학교들은 획일적인 일제강점기 차이나식 검은색 교복을 버리고 자율화 바람에 따랐다. 중고등학생들의 두발은 학교마다 규정이 차이가 있기는 했지만 앞머리는 눈썹을 덮지 말아야 하고, 뒷머리는 상의 옷깃에 닿지 않아야 하며, 옆머리는 귀가 덮이지 않아야 한다는 규정으로 변화에 적응하고 있었다.

그 후 4~5년의 시간이 흘렀다. 교복이 사라진 학생들의 사복 옷차림과 자율화된 두발은 도무지 학생인지 성인인지 구분이 되지 않았다. 드디어 학부모들이 목소리를 내기 시작했다. 아이들에게 교복을 다시 입히자는 목소리에 여론이 빠르게 확산되었다. 교복이 사라진 4~5년 동안 생각하지 못한 문제점이 드러난 것이었다.

부잣집 아이와 가난한 집 아이가 확연히 눈에 드러나게 되었다. 즉, 부유한 가정의 아이들은 깔끔한 디자인의 값비싼 메이커 옷을 즐겨 입는가 하면 빈곤층의 아이들은 지겹도록 똑같은 옷을 입어야 하는 현상이 두드러지게 나타난 것이었다.

내 아이에게 예쁜 옷을 입히고 싶지 않은 부모가 어디 있겠는가? 하지만 삶이 어디 그런가? 가진 자의 보이지 않는 미소와 가난한 자의 어두운 양면이 선명하게 드러났다.

교복을 입지 않는 것에 대한 문제점은 또 있었다. 교복을 입지 않은 학생들의 두발 자율화 바람으로 덩치가 큰 학생들은 도무지 성인과 구분이 되질 않은 것이다.

교복을 입히자는 변화의 바람에 서울과 경기도 지방을 비롯하여 새로운 디자인의 교복이 등장했다. 감히 상상조차 하지 못했던, 양복을 닮은 체크무늬 교복은 지방에 사는 우리들의 눈에는 참으로 예쁜 디자인으로 인식되었다. 각 학교는 교복을 부활시키며 새로운 디자인에 유혹되었고, 예쁜 디자인의 교복들이 우후죽순처럼 생겨나면서 그렇게 교복이 부활되었다.

오랜 세월이 흘렀다. 학생들의 인권이 날로 가중되면서 학교에는 참으로 많은 변화의 바람이 불었다. 교복에도 인권이 포함되었다. 교복을 입는 시기가 사라진 것이다. 과거에는 여름이든 겨울이든 계절이 바뀌면 교복 준비기간을 한 주간 실시하고 날짜를 정해 교복 입는 시기를 발표하는 것이 통상적이었으나 계절 개념이 사라졌다. 즉, 내가 덥다면 하복을 입고, 내가 춥다면 동복을 입으면 되는 것이다.

3월과 4월은 아침 기온이 쌀쌀한 날이 많다. 3월 아침 기온은 5~7도, 4월 아침 기온은 7~10도가 평균적이다. 낮 기온이야 4월이면 20도가 넘는 날도 많다. 심지어 30도에 육박하는 날도 어쩌다 있기도 하다.

3월 중순부터 아이들은 반바지와 반팔 티셔츠인 생활복을 꺼내 입는다. 3월은 당연히 동복을 입어야 하고 4월은 춘추복을 입어야 하나 교복 입기 귀찮으니 3월부터 반바지 생활복을 입고 아침 날씨가 쌀쌀하니 겉에 점퍼를 입겠다는 것이다.

교실에 들어서면 진풍경이다. 춘추복을 입은 학생, 반바지와 반팔 티셔츠 생활복을 입은 학생, 동복과 하복을 입은 학생을 한 교실에서 모두 볼 수 있다. 아침 기온이 떨어진 날이면 하복 입은 학생들은 아침부터 난방기를 돌린다. 낮 기온이 살짝 오르는 오후에는 에어컨을 켠다.

하복과 동복을 입은 아이들이 난방기 문제로 싸우는 일도 잦다. 누구는 에어컨을 틀어야 하고, 누구는 히터를 틀어야 하니 서로 감정 문제로 욕설이 오가는 일도 잦다. 덩치 큰 녀석이 덥다고 에어컨을 틀어서 여학생들은 추위에 무릎담요와 점퍼를 입고 있는 교실도 많다.

수업을 들어가면 교실마다 다르다. 우리 반에는 히터를 틀었는데 옆 반에는 에어컨을 틀고 있다. 방금 체육 수업을 하고 왔기 때문이다. 이제 서서히 교복이란 개념이 사라지고 있다. 여름철 땀이 나고 체육 시간 옷 갈아입는 불편 해소를 위해 생활복을 만들었는데 그마저도 불편하니 체육복 등교를 허용하라는 민원이 제기되었다. 여름철 운동화가 덥고 불편하니 슬리퍼 등교를 허용하라는 민원도 곧 제기될 것 같다. 불과 4~5년 후면 단정한 교복을 입고 등교하는 아이들 모습을 보기란 어려울 것 같다. 교복은 서서히 옛날 옛적 구시대 유물이 되어 멀어져만 가고 있다.

별난 학부모

　　학교에 근무하다 보면 유별난 학부모들이 가끔 있다. 학교에 관심이 많아 사사건건 간섭하는 학부모는 그나마 괜찮다. 말이 많은 것이 쪼끔은 부담스럽지만 학교를 위하는 마음이니 이해를 한다.

　　학교를 대상으로 꼬투리를 잡아 사사건건 문제 삼아 교육청에 민원 제기하여 답하라는 사람은 학교에서 제일 꺼리는 학부모다. 물론 정당한 민원은 학교에서 심의와 절차에 따라 처리하며 예산이 부족하면 추경을 확보해서라도 해결한다.

　　안타까운 것은 이제 학교가 스승과 제자와의 관계, 존경하는 선생님이라는 그런 마음이 사라지고 있다는 것이다. 김영란법이 생기면서 학부모들은 환영하였다. 나 역시 교사이기보다 학부모였기에 당연히 환영하였다.

　　하지만 그에 따른 부작용도 많았다. 학교에 대한 부정적 이미지와 선생님에 대한 존경심과 감사의 마음이 조금씩 사라지고 있었다. 학교 선생님들 역시 학부모에게 존경받고 싶은 마음이 티끌만큼도 없다. 사소한 일로 학부모에게 발목 잡혀 고발당하거나 학생과 학부모에게 욕먹지 않으면 하루가 다행스러울 정도로 업무가 조심스러워졌다.

학생에게 어떤 문제가 발생하면 먼저 소리부터 지르고, 아이 말만 듣고 온갖 막말을 내뱉으며 학교에 항의하는 일은 너무나 흔한 일이다. 잔뜩 화난 모습으로 학교에 찾아왔다가 목격자 학생들의 진술을 듣고서야 내 아이의 잘못이 크다는 것을 알고는 미안하다며 꼬리를 내리는 경우는 일상다반사다.

어느 해에 고등학생을 데리고 수학여행을 갔다. 갑자기 소나기가 내렸다. 눈앞에 관광지가 있었지만 비를 피하기 위해 기념품점 앞에 버스를 정차하고 아이들은 비를 피해 신속하게 기념품점으로 뛰어들었다. 약 5분간 소나기가 쏟아졌다. 다행히 잘 피했다 싶었다.

오후에 학교에서 전화가 걸려왔다. 수학여행 중 학생들에게 비를 맞게 했다는 민원이었다. 갑자기 내린 소나기에 기념품점 입구에 버스를 정차하여 아이들이 기념품점으로 뛰어 들어간 거리가 고작 10m도 되지 않았다. 여행을 다니다 보면 비를 만날 수도 있고, 바람을 만날 수 있고, 심지어 태풍에 발이 묶일 수도 있다.

물론 수학여행은 일기예보를 주시해야 하지만 학교 수학여행은 항공권과 숙박 예약을 위해 가을에 떠날 수학여행을 이미 봄에 예약을 마친다. 옷이 흠뻑 젖은 일도 아닌데 민원을 제기하니 인솔교사들은 죄인이 되었다.

또 다른 민원이 있었다. 요즘 수학여행 숙소는 참 좋다. 옛날 우리 때처럼 좁은 여관방에 10명 넘는 인원이 콩나물시루처럼 방을 쓰던 시절은 추억일 뿐이다. 멋진 뷰가 있는 리조트나 호텔 또는 수련원 숙박이 대세다. 시설도 아주 잘되어 있고 주변 환경도 좋으며 아이들이 저녁 시간에 즐길 수 있는 족구장과 농구장 그리고 소규모 공연 광장도 잘 갖춰져 있다.

제주도 수학여행 중 어느 날 밤 여학생이 모기에 물렸다. 어쩌다 부모에게 전화 연락이 닿았다. 우리 아이 당장 병원으로 데리고 가서 치료하라고 난리였다. 할 수 없이 담임교사와 학년 부장 선생님이 그 밤중에 택시를 불러 아이를 데리고 병원을 찾아 나섰다.

제주도라 야간에 병원 찾기도 쉽지 않은 상황에서 야간 진료가 가능한 제법 큰 병원을 찾았다. 당직 의사를 만났다. 의사가 의아해 물었다. 왜 왔냐고. 어처구니없는 표정이 역력했다. 당직 의사는 이런 일로 병원에 오는 자체를 이해하지 못했고 학생을 데리고 병원 문을 두드린 선생님들의 상황 역시 이해하지 못하겠다는 표정이었다.

여학생 어머니에게 전화를 걸었다. 의사 선생님이 별일 아니라고 말했다고 했더니 당장 의사를 연결해 달라고 했다. 의사와 학부모 두 사람의 통화가 시작되었다. 통화 내용은 이랬다. "진단을 똑바로 못하고 그따위냐? 제주도라 의사가 형편없는 수준이다." 그러니 다른 병원을 찾아가라는 학부모의 요구였다. 당직 의사 선생님의 기분이 어땠을까?

아침에 일어나 상황을 보고 모기 물린 자국이 가라앉지 않으면 다시 병원에 가겠다고 어머니를 겨우 설득하여 그렇게 숙소로 돌아올 수 있었다. 고등학교 2학년이면 "엄마 나 괜찮아요. 모기약 치고 아이들과 잘 지내고 있으니 걱정하지 마세요." 이렇게 말하기에 충분한 나이지 않은가?

아이를 데리고 병원으로 가라는 어머니나 따라나서는 학생이나 착잡한 마음은 사라지지 않았다. 학생 어머니의 당직 의사를 무시하는 막말과 처신은 분명 잘못되었다. 선생님들도 대화와 설득이 통하지 않으니 답답했을 것이다.

민원이란 것이 그렇다. 소리 지르고 욕설하고, 갖은 협박도 일삼는다. 자식을 맡긴 학교 민원 수준이 이렇다면 교육청이나 시청, 관할 지자체의 민원 수준은 감히 상상이 간다. 민원으로 업무가 마비된다는 공무원들의 하소연이 실감난다. 상식을 뛰어넘는 이해할 수 없는 민원, 어찌 보면 씁쓸한 우리의 민낯이 아닐 수 없다.

학교를 우습게 아는 사람들

어느 날 행정실 직원들과 선생님들이 나를 급하게 찾았다. 상담실에서 학생과 중요한 상담 중이었으니 나를 찾는데 적지 않은 시간이 걸린 것 같았다. 왜 그리 다급한지 영문을 물으니 일단 교장실로 가보라는 것이다.

급하게 뛰어 내려갔더니 복도 끝에서부터 교장실에서 나는 시끄러운 욕설이 들려오고 있었다. 교장실에 급하게 들어서니 키가 커다란 웬 중년 신사 한 분이 교장실에서 입에 담지 못할 쌍욕과 고함으로 온통 학교를 발칵 뒤집어 놓고 있었다. 이유를 가만히 들어보니 자신의 차량 앞 유리에 '학교 앞 밤샘 주차를 자제해 주십시오'라는 A4용지를 붙였다는 것이 이유였다.

학교 앞 도로는 4차선으로 쌩쌩 달리는 자동차들이 즐비하고 도로 양측에는 대형 트럭과 승용차들이 밤샘 주차되어 등교하는 학생들이 시야에 가려 교통사고 위험에 노출되어 있다. 그래서 선생님들이 학생들의 안전을 위해 하루도 빠지지 않고 등교 지도를 하고 있었다.

이런 학교 정문 앞 밤샘 주차 차량으로 인해 학생들 등교 지도에 불편함과 위험성은 이루 말할 수 없는 상황이었다. 이에 학교 앞 불법 주차된 차량 앞 유리에 가급적 학교 정문 앞 밤샘 주차는 삼가 달라는 문구를 붙였던 것이다. 다만 불편함은 안내 용지를 풀칠하여 붙였으니 떼는 것이 불편하였을 것이다.

대부분 밤샘 주차 운전자들은 학교 앞 주차 차량에 붙은 용지를 보고 미안한 마음으로 불만 없이 차를 이동시키는 것이 일반적인데 도대체 이분은 왜 이러는지 이해가 되지 않았다.

"너거가 ** 고발하고 싶거든 경찰이나 시청에 고발해 이 ****!"

"너거가 뭔데 내 차에다 딱지를 붙여, 이 ****!"

연세 드신 교장 선생님께서는 화난 주민이 어이가 없어 듣고만 계셨고, 다른 분들이 이해를 바란다며 대화를 시도해도 듣지도 않았다. 세상이 너무해도 너무한다 싶은 마음에서 조용히 달래기 시작했다.

"여기서 이러시지 마시고 나가서 조용히 얘기합시다."라고 달래니 들은 척도 않고 욕설과 고함은 끝이 없었고, 겨우 교장실 밖으로 나오게 되었다. 교장실 밖에서는 행정실 직원과 교감, 부장 등 큰일이라도 난 듯 문밖에 모여 있었고, 또 다른 직원들은 교장실 문턱까지 끌고 온 주차 차량에 물을 부어 딱지를 뗀다고 난리였다.

교장실 밖을 나와서도 욕설은 끝이 없었다. 많은 직원들이 죄인인 것처럼 지켜보고 있고 또 다른 직원은 자신의 차량에 물을 부어

용지를 떼고 있으니 마치 자신의 고함소리에 모두들 쩔쩔맨다고 생각했을까? 욕설과 고함은 하늘 높이 치솟았다. 교감 선생님에게 너 이름이 뭐냐, 교장 이름은 뭐냐 묻는 등 기고만장한 태도에 다들 지켜볼 수밖에 없는 상황에 안타까운 마음뿐이었다.

학교 정문 앞 밤샘 주차는 학생들의 안전을 위협하기 때문에 부득이하게 용지를 붙였다고 설명했지만 끊임없는 욕설에 나 역시 사람이라 서서히 화가 치밀어 올랐고 참는 것도 한계가 있었다. 조용히 그의 곁에 다가갔다.

"그만해, 야 ***야! 학교가 봉으로 보이냐? 네 눈에는 뵈는 것이 없냐? ****!"

나의 욕설에 당황한 차량 운전자는 눈을 똥그랗게 뜨고 "어? 선생이라 카는 게 욕한다. 저 선생 이름이 뭐야? 교장 샘, 선생이 욕합니다."

"교장 선생님에게 욕할 때는 언제고, 네 이름부터 말해. 야 ****! 얌마! 너는 욕설에 고함쳐도 되고 선생은 욕하면 안 되냐? 학교가 만만하냐?"

당황한 눈빛이 가득한 그는 뒷걸음치기 시작했고 목소리도 다소 누그러졌다.

"야! 차부터 빼, 임마!"

학교 선생님들도 생각지도 예측하지도 못한 나의 행동에 무슨 큰일이라도 일어날 것 같아 걱정되는 표정들이었다. 어차피 교육청에 신고라도 당하면 어떤 징계든 내 행동에 책임 질 각오와 할 말도 준비되어 있었다.

학교와 선생님들은 끝없는 민원 속에 욕만 얻어먹고 살아야 하는가? 민원인은 고함과 욕설을 퍼부어도 되고 선생님들은 입이 있어도 말 한마디 하지 못하는 답답한 현실이 싫기만 했다.

학생들 수업 중이니 더 이상 고함과 욕설이 이어지면 경찰을 부르겠다며 맞받아쳤다. 그제야 그는 교장실 앞 주차된 자신의 차량에 올라타 차량을 이동하기 위해 시동을 걸었다. 그때 난 그의 차 조수석에 올라앉았다.

"어이, 이 동네 사시죠? 당신도 아이들을 키우는 학부모 아닙니까? 지역 주민들이 협조하지 않으면 누가 아이들을 보호합니까?"

"나도 욕 좀 하는데 선생이 이래 욕 잘하는 사람 처음 봤어요."

"선생님들도 인간이라 화나면 욕할 수도 있어요. 욕해서 미안합니다."

차 안에서 짧은 대화와 서로 간의 화해가 이루어지고 그분은 떠났다. 그날 이후 그분의 승용차는 학교 정문 앞 도로에 단 하루도 주차되지 않았다.

어른들의 진상, 아이들의 진상

　　　　　　뉴스를 보면 이해되지 않는 황당한 사건들이
많다. 아파트 내 불법 주차 차량에 딱지를 붙였다는 이유로 출입구
를 자동차로 막았다가 주민들에게 공분을 사 신상을 털리기도 하
고, 아무런 면식도 없는 지하철 여성 역무원 살해사건, 김 여사의
백화점 갑질 사건과 자동차 운전 중의 이해할 수 없는 황당한 행동,
아파트 층간 소음 문제로 칼부림을 한 사건과 묻지 마 폭행에 살인
등은 선량한 시민들에게 불안감과 공포심을 조성하기도 한다.
　　초등학교 6학년 학생이 학원 건물 8층에서 소화기를 던져 지나
던 여고생이 맞아 병원에 입원했다는 소식과 어린 초등학생이 자신
보다 더 어린 초등학생 여아를 성추행한 사건, 학원 수업을 마치고
지나가는 학생들을 잡아다가 이유 없는 폭력을 휘두른 집단 흡연
학생들은 이제는 황당함을 넘어섰다. 반성 없는 그들의 태도에 더
가슴이 답답하고 마음이 착잡하다.
　　이런 범죄를 저지른 사람들의 학창 시절은 과연 어떠했을까? 학

교에서도 이해할 수 없는 황당한 사건들이 많이 발생한다. 각층 화장실에 배치된 커다란 화장지를 통째로 벗겨다 물에 던져 넣거나 휴지를 갈기갈기 찢어다 온 화장실을 어지럽히는 아이들, 화장실 방충망 절반을 뜯는 아이들, 장애인 화장실 안 긴급 버튼을 떼어내는 아이들, 중앙 현관 국화를 비롯해 예쁜 화분의 꽃을 꺾어다 던져버리는 아이들, 복도와 계단에 가래침을 뱉는 아이들, 급식실 점심 식사 후 자신의 식판을 처리하지 않고 몰래 빠져나가는 아이들, 급식실 물컵에 가래침을 뱉는 아이들, 의도적으로 복도의 화재 벨을 누르는 아이들, 모두 이해할 수 없는 행동들이다.

이런 일도 있었다. 학교 본관 건물에 엘리베이터가 설치되어 있었다. 장애인을 위한 의무 시설이며 때로는 몸이 불편하신 선생님과 깁스를 하였거나 몸이 불편한 학생들이 이용하기도 한다. 쉬는 시간 10분의 짧은 시간에 200여 명의 학생들이 동시에 엘리베이터를 사용하게 되면 혼잡으로 인한 사고가 발생하기도 하고, 초과 탑승은 고장의 원인이 되니 학생들은 계단을 이용하기를 권장한다.

그런데 몰래 엘리베이터를 이용하는 아이들이 많다. 엘리베이터 탑승하는 것까지는 괜찮은데 누런 가래침을 벽과 바닥에 뱉어 놓는 것이었다. 몇 번 엘리베이터를 청소하고 제발 이런 짓 하지 말자고 방송으로 호소하였으나 가래침은 없어지지 않았고, 어쩌다 심증이 가는 학생이 있었지만 억울한 사람 만들까 스스로 달래는 수밖에 없었다.

그래도 누구일까 궁금한 마음에 때로는 살며시 엘리베이터를 타기도 하고 내리는 곳에서 누가 타고 내리는지, 혹시 없던 가래침이 뱉어 있지는 않은지 가끔 지켜보았으나 교묘하게도 이리저리 잘도 피했고, 잠시라도 자리 비우고 수업 후 돌아서면 누런 가래침은 조롱하듯이 뱉어져 있었다.

약 한 달 이상 지속되니 서서히 화가 치밀어 오르고 약이 올라 학생을 찾기보다 예방 차원에서 엘리베이터 내 가짜 CCTV를 설치하였다. 방송으로 '거금의 예산을 들여 CCTV를 설치하였으니 제발 그러지 않기'를 호소하였으나 가짜임을 금방 눈치를 챈 학생들은 CCTV를 조롱하듯 굵은 가래침을 끊임없이 뱉어 두었다.

그러던 어느 날, 가래침 주인공 찾기를 거의 포기한 시점에서 점심시간이 막 끝날 즈음 엘리베이터에서 내가 막 내리는데 학생 세 명이 엘리베이터를 기다리는 것이었다. 그때까지만 해도 별생각이 없었고 '또 누군가 엘리베이터에 탑승하는구나' 싶은 생각에 무심히 지나쳤다. 그런데 그중 한 남학생이 손에 쭈쭈바를 들고 있는 것이 보였다.

점심시간이 지나 5교시가 끝나갈 무렵 엘리베이터 안을 들여다보니 시커먼 가래침이 양쪽 벽에서부터 바닥까지 뱉어져 줄줄 흐르고 있었다. 순간 범인은 쭈쭈바를 들고 탑승한 학생일 것이라는 생각이 뇌리를 스쳤다. 하필이면 시커먼 초코 쭈쭈바를 먹고 있었으니 잡는 것은 시간문제였는데 도무지 기억이 나지 않았다.

역시 예감은 적중했다. 행여 '쭈쭈바를 나만 먹은 것이 아니네요' 딱 잡아 뗄까 점심시간 쭈쭈바 먹은 학생은 단 한 명뿐이라는 사실과 쭈쭈바를 들고 엘리베이터 탑승한 학생도 한 명뿐이라는 사실까지 확인하고 두세 반을 추적하니 누군가 쉽게 밝혀졌다.

그동안 숨바꼭질에 화가 치밀어 올랐던 감정이 억누를 수 없을 만큼 흥분되었다. 아무런 물증 없는 상황이라서 방송으로 제발 그러지 말자며 호소하는 방법 외에는 아무것도 할 수가 없었다. 약 두 달간의 숨바꼭질 끝에 범인을 찾고 보니 너무나 어처구니없었다.

학교에 대해 불만이 많거나 부정적인 사고와 변태 같은 성향으로 가정에서도 통제가 되지 않는 학생일 거라는 생각이 지배적이었다. 그러나 선생님들을 힘들게 하는 학생도 아니고 친구들과의 관계도 나쁘지 않은 너무나 멀쩡한 학생으로 밝혀져 그때의 충격 또한 오랫동안 가라앉지 않았다. 화가 잔뜩 나 있는 상황이었지만 오히려 내 목소리는 차분하게 용서를 하며 크게 꾸짖지도 않았다.

다만 "너 왜 그랬어?"라는 단 한마디의 질문에 그는 아무런 대답도 하지 않았다. 물론 그날 이후 가래침은 사라졌지만 마치 범인이 경찰을 우롱하며 "나 잡아봐라~!" 하는 영화 장면처럼 그 학생의 심리를 도저히 이해할 수 없었다.

뉴스에서도 성범죄와 절도범 중 반듯한 가정을 가진 가장이거나 사회적으로 괜찮은 위치에 있는 사람들도 종종 볼 수 있다. 황당한 사건을 저지르는 아이들을 보면 '세 살 버릇 여든까지 간다' 는 옛날처럼 어른이 되어서도 나쁜 습관이 남아 있을까 걱정이 되지 않을 수 없다.

지금은 엘리베이터 사건 학생 얼굴조차 기억나지 않지만 반듯하게 성장하여 사회 구성원으로 자신의 역할을 충실히 수행하는 인재가 되어 있기를 간절히 바라는 마음이다.

3부

작은 칭찬으로 아이는 변한다

아이들의 습관적인 거짓말

아이들은 자신이 불리한 그 어떤 상황에서도 한 치의 망설임 없이 습관적으로 거짓말을 일삼는다. 너무나도 태연하고, 눈빛조차 "절대 거짓말이 아니에요, 난 억울해요."를 표현한다. 어쩌다 담임선생님이나 교과선생님이 오해하고 살짝 언성이라도 높아지면 다음 날은 학교가 난리 난다.

부모님의 항의는 감정의 선을 뛰어넘는다. "왜 억울한 학생을 만드느냐?", "왜 학생 말을 믿지 않느냐?", "학생들을 그렇게 교육하면 되느냐?", "절대 가만있지 않겠다.", "아이들을 믿음과 사랑으로 교육해야 한다." 등 말도 많고 탈도 많다. 모두 맞는 말이다. 그 학생의 전반적인 학교생활에 대해 상담하고 나면 그제야 조금 누그러진다. 참 힘들다.

고등학교 근무 시절이었다. 중학교와 달리 고등학생들은 오토바이에 미치는 아이들이 많다. 대부분 무면허 운전에 교통사고로 크게 다치거나, 심지어 목숨을 잃는 아이들도 많다. 실제로 첫 발령지에서 첫 담임 시절 여름방학 중 우리 반 학생이 오토바이 사고로 숨지기도 하였다.

연락을 받고 학생 집을 방문했을 때 어머니는 자신의 아들이 대문 안으로 들어서는 줄 알고 아들 이름을 부르며 나를 붙들고 울었다. 그날 오후 마당 구석에 멍석으로 뒤덮여 있던 시신과 책상, 옷가지와 소모품 등을 아버지의 경운기에 싣고 인근 화장터에서 그를 마지막으로 보내던 모습은 30년이 지난 지금도 잊히지 않는다.

30년이 넘는 근무 기간 중 내가 근무하던 학교 학생이 오토바이 사고로 사망한 사건 수는 상상을 초월한다. 도심지보다 시골 학생들의 사망자 수가 더 많다.

아이들의 안전을 위해 학교에서는 대부분 오토바이 운전을 금지하고 있다. 이유는 간단하다. 원동기 면허증을 취득한 아이들도 있겠지만 무면허가 대부분이고 질주 본능의 곡예 운전은 어린 청소년들의 안전을 위협하기 때문이다.

어느 날 아침 출근길에 우리 학교 학생 두 명이 오토바이를 타고 신나게 등교하고 있었다. 운전석의 친구는 헬멧을 썼지만 뒷좌석에 앉은 친구는 헬멧조차 쓰지 않았고 신호를 무시하는 것은 기본, 비틀비틀 빠라바라 빠라바라 곡예운전을 하고 있었다.

멀리 골목 안으로 들어가는 것을 보았지만 신호를 무시하고 달리는 아이를 따라가다 행여 사고라도 날까 뒤쫓아 가지 않았다. 잠시 후 아무 일 없다는 듯 태연하게 등교하는 두 학생을 불렀다.

"샘이 출근하다 오토바이 타고 등교하는 두 친구를 봤는데 혹시 너희 둘 아냐? 골목으로 사라지던데 오토바이를 골목에다 주차하고 오는 거냐?"라고 물었더니 저희 둘은 절대 아니라고 딱 잡아뗐다. 옷 색깔이랑 신발도 맞는데 한 명은 교복을 갈아입었으나 뒤에탄 녀석은 바뀐 것도 없었다. 어찌 되었건 딱 잡아뗐다. 아침부터사실 여부를 따지기도 뭐하고 그냥 오토바이 위험성에 대해 설명하고 제발 탑승하지 말 것을 당부하고 새끼손가락 걸어 약속까지하고 보냈다.

다음 날 아침 출근길. 학교 주변 도로에 들어서자 오토바이에 탑승한 두 학생이 내가 탄 승용차를 추월하더니 신호를 무시한 채 쏜살같이 지나갔다. 순간 나는 조수석에 앉은 터라 얼른 핸드폰을 꺼내 들고 지나가는 학생을 동영상으로 촬영하였다. 헬멧을 쓰지 않은 모습, 신호위반에 도로 한 중앙을 비틀비틀 질주하는 모습과 골목으로 사라지는 모습까지 비록 순식간이지만 충분히 누구인지 구분할 수 있을 정도로 촬영에 성공했다.

잠시 후 두 친구가 등교하여 마주쳤다.

"얘들아, 어제 집 잘 갔어?"

"네, 샘. 잘 갔습니다."

"오늘 아침 뭐 타고 학교 왔어?"

"저는 ○○동에서 버스 타고 ○○동에서 갈아타고 왔습니다."

"샘 저는 ○○동에서 버스 타고 ○○동에서 두 번이나 버스 갈아타고 편의점 앞에서 친구 만나 함께 학교 왔습니다."

"두 번 갈아타니 교통이 많이 불편한가 보네?"

"집이 많이 멀지는 않은데 바로 오는 버스가 없어 두 번이나 갈아타고 다녀야 합니다. 정말 많이 힘들어요."

"근데 있잖아, 샘이 재밌는 동영상 하나 보여줄게. 재밌어, 봐봐."

"샘 뭔데요? 혹시 뭐 그렇고 그런 동영상~~~ 헤헤."

잔뜩 기대하고 동영상을 보던 아이들이 잠시 놀라더니 바로 머리를 숙이고 꼬리를 내렸다.

"샘! 죄송합니다. 죽을죄를 지었습니다. 한 번만 용서해 주십시오."

"아니, 어제도 오늘도 버스 타고 왔다며?"

그제야 어제도 오늘도 자신들임을 실토했고, 물론 면허증도 없음을 시인했다. 오토바이 소재를 파악하고 부모님에게 연락 후 다시는 오토바이 등교를 하지 않겠다는 약속을 받아냈다. 두 학생은 평소 소통이 잘 되었고, 대화도 자주 하는 학생들이라 머리 숙여 용서를 구하는 익살스런 표정이 귀엽기도 한 아이들이었다.

아이들의 거짓말은 습관적이다. 그냥 거짓말을 던져 놓고 상대방이 누구냐에 따라 상황에 대처하는 편이다. 넘어가면 그만이고, 아니면 무조건 우기면 된다는 식이다. 사소한 거짓말이 습관이 되어서는 안 된다.

오래도록 기억에 남는 거짓말도 있다. 서울 계시는 외할아버지께서 별세하셨다며 서울 다녀온 학생이 있었는데 알고 보니 너무나 건강하게 살아계셨다. 어머니가 학교 방문 상담 중인데 엄마, 아빠 부부싸움으로 엄마 병원 모셔다 드리고 지각한다는 학생, 가정 형편이 어려워 수학여행 불참하겠다기에 사비 털어 데리고 갔더니 집에서 수학 여행비 받아 유흥비로 쓴 학생, 말썽꾸러기 학생에게 상담차 아버지 학교 방문을 요청하였더니 바빠서 삼촌이 대신 왔는데 알고 보니 아르바이트 하는 곳의 사장님인 경우도 있었다.

아이들의 습관적인 거짓말은 오래가지 않는다. 진실도 없다. 주변 친구들은 그가 거짓말하고 있음을 모두가 다 알고 있다. 스스로 자신의 신뢰를 깎아내리는 행위임을 잊어서는 안 된다.

청소년 흡연이 위험한 이유

　　최근 어른들의 흡연율은 낮아지는 반면 청소년들의 흡연율은 높아지고 있다. 여학생들의 흡연율이 높아지는 것도 문제점으로 지적되고 있다. 어린 학생들은 초등학교 저학년부터 흡연이 인체에 어떠한 영향을 미치는지, 왜 아빠가 담배를 끊어야 하는지 마르고 닳도록 교육한다.

　　초등학교에서는 다양한 행사도 한다. 학부모 교육은 필수사항이고 교육청, 보건소와 연계하여 캠페인에 학교 축제를 이용해 부스 운영도 한다.

　　'담배 끊는 우리 아빠 자랑스러워요'

　　'담배 연기 없는 세상에서 살고 싶어요'

　　'아빠가 피는 담배 한 개비 내 가슴이 무너지고 있어요'

　　어린이들의 상큼한 발상이 재치 있으면서도 신선한 교훈을 던져 주기도 한다. 이렇게 순수하게 자란 아이들이 중학교, 고등학교를 진학하면서 흡연과 학교폭력에 휘말리게 된다. 언어폭력과 공갈 협박, 뒷담화와 비방 등으로 순수함이 서서히 사라지는 모습에서 안타까운 마음을 금할 수 없다.

대학 입시를 준비하는 고등학생들도 공부하기 힘들 때 휴식과 집중을 위해 흡연하는 경우가 증가하고 있다고 한다. 이유 아닌 이유 같기도 하지만 그것으로 합리화하기에는 무리가 있다는 생각도 든다.

학생이 말썽을 일으키게 되면 학교에서는 크게 세 가지로 징계를 준비한다. 선생님에 대한 불손한 언행이나 폭력 등은 교권 보호위원회에서 징계 수위를 결정하고, 장기 미인정 결석, 교내 외 흡연, 단순 절도 등은 선도위원회에서 결정하며, 언어폭력, 신체적 폭력, 성폭력, 왕따 문제 등은 지역 교육청 학교폭력심의위원회에서 결정하게 된다.

학교의 가장 심각한 사건 사고는 학교폭력 문제와 상습 절도, 이성 문제가 얽힌 성폭력 사건이다. 가장 힘들고 신중하게 다뤄야 할 부분이며, 재심 청구와 법적으로도 고소 고발이 가장 많이 발생한다. 이러한 사건들은 심각성 수위에 따라 경찰에 고소 고발이 되기도 하고 학교에서는 학교폭력심의위원회에 접수되어 양측에서 조사가 진행되는 경우도 많은 편이다.

문제는 굵직한 사건 사고를 친 학생들을 조사하면 거의 95% 이상이 흡연 학생들이다. 일반인들은 학생들의 흡연을 본인의 학창 시절을 생각해서 단순하고 쉽게 생각할 수도 있겠지만 사실은 그렇지 않다.

미성년자 신분으로 담배를 구입하자니 이상한 곳에 머리를 굴리게 된다. 가장 선호하는 방법은 신분증을 위조하거나 불법 사이트를 통해 위조된 신분증을 구입하기도 하며, 그조차 불가능하면 늦은 밤 할머니, 할아버지가 운영하시는 가게에서 담배를 구입하기도 한다. 편의점에서 일회용 전자 담배를 몰래 훔치는 경우도 자주 발생하며, 돈이 떨어지면 부모님 지갑에 몰래 손을 대기도 한다.

흡연자들 대여섯 명이 어두운 골목에 모여 흡연하면 조용한 아이들도 영웅심리가 불타오르고 간이 커진다. 지나가던 어른들도 아이들의 흡연 광경을 꾸짖지 않는다. 괜히 아이들을 훈계했다가 돌아오는 욕설에 봉변당하는 일들이 흔하고, 자칫하면 미성년자에게 폭행당하는 사례들도 흔히 발생하기 때문이다.

더 심각한 문제는 미성년자인 어린 청소년들이 모텔을 자유롭게 출입하면서 상습적으로 흡연과 음주를 하며, 불건전한 이성 교제가 이루어지고 있다는 사실이다. 이런 사실이 사회적으로도 큰 충격을 안겨주고 있는 것이 오늘날 현실이다.

청소년 흡연 문제를 단순하게 생각하는 것은 아주 위험한 생각이다. 청소년의 일탈과 범죄는 흡연에서 시작된다는 것을 반드시 인식해야 한다. 만약 가정에서 내 아이의 흡연 사실을 알게 된다면 심각하게 생각해야 할 때이며, 전문가에게 상담을 요청하는 것도 고민해야 한다. 내 아이가 심각한 문제가 있는 것이 아니라 심각한 사건 사고에 휘말릴 수 있고, 어쩌면 사건의 중심에 있을 수도 있기 때문이다.

그렇다고 자녀의 흡연 사실을 심하게 꾸짖거나 폭력을 행사해서는 결코 안 된다. 이미 사춘기에 접어들었고, 부모님이 생각하는 대화의 상식과 수준에서 서서히 벗어나고 있기 때문이다. 가장 중요한 것은 아이들을 이해하는 수준에서 조심스레 접근하는 것이다.

내 아이의 흡연 사실을 인정하고 흡연하게 된 결정적 동기를 슬그머니 알아보는 것도 좋으며, 주변에 어떤 친구들이 있는지, 그들도 흡연자인지, 친구들이 주로 어디서 흡연하는지를 알아보는 것도 좋다. 학교 담임선생님에게 학교의 전반적인 생활을 상담하는 것도 좋은 방법이다.

내 아이가 힘들어하는 부분이 있다면 귀를 열고 들어주자. 짧은 시간에 변하지는 않겠지만 온 가족이 노력하는 모습을 보인다면 조금씩 예전으로 돌아오게 되어 있다. 아이들의 일탈 책임은 부모와 주변 사람들에게 있다. 그들은 부모든 학교든 관심 받고 싶은 사랑에 굶주린 아이들이기 때문이다.

청소년 흡연의 원인과 민원

          학교 민원 중 가장 많은 것이 학교 인근 주택가 청소년들의 흡연 관련 민원이다. 중학교보다 고등학교 주변 민원이 더 심각하며 어느 학교든 골칫거리가 아닐 수 없다.

    우리나라는 2000년대를 넘어서면서 흡연에 대한 규제가 심해졌다. 미성년자에게 담배를 팔지 못하는 것은 오래전에 법으로 규정되었고, 모든 관공서를 비롯해 식당이나 실내뿐 아니라 야외 스포츠 광장이나 공원 내에서도 흡연이 금지되었다. 청소년 담배 규제에 관련해서 TV 드라마나 뉴스에서도 흡연 장면은 자막을 처리하거나 아예 방송을 제한하는 경우도 있다.

    최근 10여 년간 성인들의 금연 성공률은 늘어나는 반면, 청소년들의 흡연율은 조금씩 증가하는 추세다. 심각한 것은 여학생의 흡연율도 높아지고 있다는 것이다. 흡연 학생들을 상담해 보면 초등학교 때부터 흡연을 시작한 아이들도 많다.

    부모가 자녀의 흡연 사실을 모르고 있는 부분도 적지 않지만 자녀의 흡연 사실을 알고 있더라도 통제가 되지 않는 경우가 많다. 성격이 급한 학부모 중에는 아이들의 흡연을 폭력으로 교육하는 경우도 종종 발생한다.

폭력의 결과는 굳이 표현하지 않아도 되겠지만, 가장 큰 문제점은 아이들의 잘못이 발생하게 되면 어머니는 혼자서 고민하고 해결하려는 의도가 강하게 나타난다는 것이다. 즉, 아이의 아버지에게는 사실을 숨긴다. 물론 아버지의 과격한 성격과 아이에 대한 폭력 상황이 이해되지 않는 것은 아니다.

학교에서는 상담 중 밝혀진 사실들을 부모님에게 알리기도 하지만 상담을 통해 아이들을 위한 해결점을 함께 모색하기도 하고 관련 기관을 안내하기도 한다. 가끔은 아버지가 아이의 문제점을 자신에게 알리지 않았다고 항의하는 경우도 종종 있다. 그럴 때면 학교 입장은 참으로 난감하다.

분명 아버지에게도 사실을 알리라고 하지만 어머니는 "내가 알아서 하겠다."로 일관하여 사건이 더 커지는 경우가 발생하기도 한다. 아버지의 폭력 행위가 심각한 수준이라 학생이나 어머니까지 숨기려는 가정이 의외로 많다는 것이다. 어찌 되었건 학교든 부모든 아이에게 폭력만은 절대 안 된다.

교내 흡연율이 중학교는 심각하지 않은 편이다. 나이 어린 중학생이 흡연에 대한 충동을 억제하지 못하면 점심시간 몰래 학교를 빠져나가 주택가 빌라 옥상 등에서 흡연을 하지만 일부 학생들은 하굣길에 주택가 골목에서 하루 종일 참았던 흡연을 하는 것이 일반적인 행위다.

그러나 고등학교는 다르다. 쉬는 시간이 되면 화장실 흡연이 숨바꼭질처럼 펼쳐진다. 물론 학교에 따라 교칙 처벌 기준이 있지만 규정대로 처벌하는 경우가 드물다. 특히 인문계 고등학교에 비해 특성화 고등학교의 흡연율은 압도적으로 높아 쉬는 시간 화장실 담배 연기가 자욱해 선생님들이 복도 지나가기가 민망할 정도로 어색한 학교도 많다. 정말 골칫거리가 아닐 수 없다.

학교에서는 청소년들의 흡연 예방을 위해 다양한 교육을 실시한다. 학부모 교육, 금연 캠페인, 희망 메시지 전달하기, 선생님과 산행, 자전거 타기, 교내 금연 포스터 그리기 대회, 금연 UCC 대회 등 다양한 활동을 하고 있지만 청소년들의 금연 효과는 눈앞에 나타나는 것이 아니라 어느 정도 세월이 흘러야 효과를 입증할 수 있어 학교 현장에서는 어려움이 많은 것이 현실이다.

이런 상황 속에 학교 인근 주택가에서는 민원이 끊임없이 제기되고 있다. "골목 안 어느 집인데 아이들 흡연으로 인해 너무 더럽다.", "벌써 몇 번을 민원 넣었는데 왜 변화가 없느냐?", "학교에서는 학생들을 위한 흡연 예방 교육을 하고 있느냐? 자료를 제시하라." 등 감정 섞인 목소리는 민원이 아니라 항의 수준이다.

그렇다고 교사들이 아침저녁으로 골목을 누비며 지켜보고 있을 수도 없는 상황이라 방송으로 "주택가 흡연으로 주민들에게 피해를 입히는 흡연은 교칙대로 엄하게 다스립니다."라고 해도 잘 고쳐지지 않는 것이 현실이다. 모 중학교에서는 하교 시간이 되면 교장 선생님이 주택가 입구에서 학생들이 하교할 때까지 생활지도를 하며, 어떤 학교에서는 매일 선생님들이 당번을 정해 주택가 일부를 순찰하는 경우도 있다.

정말 피곤한 일이다. 주택가의 피해도 심각하지만 선생님들도 민원에 시달려야 하고, 방과 후 퇴근 시간에 순찰을 의무화한다는 것 역시 쉽지 않다. 흡연 학생들을 데리고 민원 발생 현장을 가보았다. 민원 발생 지역에는 골목 안 빌라 건물이 두 채 있었는데 1층 베란다 아래 빈 공간에 쓰레기가 놀라울 정도로 산더미처럼 쌓여 있었다. 도대체 몇 년 동안 방치되었는지 예측 불가할 정도로 쓰레기가 쌓여 있어 사람 사는 공간이 맞는지 의심이 갈 정도였다.

아이들 진술에 따르면 담배꽁초가 즐비했지만 절반은 어른들이 피운 담배꽁초라고 했다. 아이들이 피우는 담배는 순하고 달달하며 향기 나는 담배라고 했으며, 어른들이 좋아하는 담배와는 필터가 달라 확연히 구분된다는 것이다. 물론 20대 젊은 층이 선호하는 담배도 있겠지만 어른들도 이곳에서 담배 피우고 꽁초를 버린다는 것이다. 학생들의 추측에 의하면 빌라에 거주하시는 어른들이 밖으로 나와 이곳에서 담배를 피우고 꽁초를 버리거나 2, 3층에서 흡연 후 꽁초를 창밖으로 버리는 경우 두 가지로 추측할 수 있었다.

아이들이 주택가에서 흡연하는 행위는 분명 주민들에게 큰 피해를 주며 환경에도 좋지 않을뿐더러 아이들이 흡연 후 남긴 흔적은 매우 더럽기도 하다. 하지만 빌라 베란다 아래 빈 공간 쓰레기는 주민들 스스로가 처리하고 깨끗하게 청소하는 것도 당연하지 않을까?

이곳 주택가 도로변 쓰레기봉투 모음 장소를 보면 종량제 봉투가 아닌 것이 태반이고 일반 검은 봉지에 쓰레기를 마구 던져 놓기도 한다. 또 음식물 쓰레기를 플라스틱 음식 그릇에 싸서 봉지째 버려 놓거나 아무렇게 던져서 봉지가 찢어져 전염병이 생길까 걱정될 지경이다. 학생들이 등하굣길에 보기에도 민망스러움 그 자체였다.

술집이나 식당에서 식사 중 잠시 어른들이 밖으로 나가 흡연하는 경우는 흔한 광경이다. 하지만 그 주변을 보면 차마 눈 뜨고 볼 수 없다. 담배꽁초 버리는 쓰레기통이 곁에 있지만 꽁초를 쓰레기통에 넣는 사람은 드물고 주변은 담배꽁초가 빽빽하다. 심지어 가래침 뱉은 자국이 널려 있어 보기만 해도 더럽기 그지없다. 자동차 운전 중 창밖으로 담배꽁초 버리는 어른들도 부끄러운 줄 알아야 한다.

다음 날 아침, 아이들을 데리고 종량제 쓰레기봉투 여러 장과 빗자루, 쓰레받기를 들고 이틀에 걸쳐 골목 안 빌라 주변과 마을 진입로, 쓰레기 모음장까지 깨끗이 청소하였다.

청소년들의 주택가 흡연은 잘못된 행동임에 틀림없다. 하지만 어른들도 모범을 보여야 하지 않을까? 남을 탓하기에 앞서 분명 어른들도 이유 없이 달라져야 한다.

상·벌점제도에 민감할 아무런 이유 없다

　　　　　　　　　대부분 학교에는 상·벌점제라는 것이 있다. 아이들의 모범적인 행동에는 상점을 부여하고 부적절한 행위에 대해서는 벌점을 부과하는 제도이다. 각종 대회에 학교 대표로 참가하여 입상하거나 수업 중 모범 태도, 예절 바른 태도, 어려운 친구 돕기, 학급 일에 솔선수범하는 행위와 교내외 봉사활동 등은 상점의 대상이 되며, 지각, 결석, 흡연 및 욕설과 교복 미착용, 슬리퍼 착용, 수업 방해, 학교 명예를 훼손하는 행위 등은 벌점 부여 대상이 된다.

　대부분 상·벌점제는 학생부 주최 학생 간부들과 대의원들이 한자리에 모여 결정한다. 불필요한 부분을 삭제하기도 하고 때로 필요한 부분은 추가하기도 하며 점수 또한 상황 판단에 따라 올리기도 하고 내리기도 한다. 즉, 아이들이 스스로 결정하고 판단하여 융통성 있는 학교생활을 하고자 하는 의미도 있지만, 선생님들은 통제되지 않는 아이들에게 벌점을 활용하여 행동의 변화를 요구하는 경우도 없지 않아 있다.

상점을 자주 받는 학생들에게는 참으로 좋은 제도다. 연말이 되면 학교별로 다르지만 50점 이상을 받으면 전체 20% 이내 모범 학생 표창을 시상하기 때문이다. 꽤 큰 상이다. 중학교는 고등 입시 전형에 모범 학생 표창 가산점 1점이 부여되기 때문이다. 문제는 과다 벌점 학생을 대상으로 징계를 한다는 것이다. 예를 들면 벌점 50점이 넘으면 교내 봉사와 사회봉사 등 징계가 기다리고 있다.

특성화 고등학교에 부임하여 며칠 되지 않아 수업 중 한 학생이 시비를 걸어왔다. 처음 오신 선생님을 대상으로 일명 간 보는 것이었다. 황당하고 어이가 없어 험악한 분위기가 잠시 오고 갔지만 흥분을 가라앉히고 교실보다 학생을 학생부실로 데리고 갔다. 그랬더니 학생부장 선생님이 '또 너냐?'며 이러지도 저러지도 못하는 표정으로 바라보았다.

알고 보니 많은 선생님들이 그 반 수업을 힘들어했고, 그 학생과는 눈 마주치는 것조차 꺼려했다. 지난해 담임선생님을 통해 정보를 얻어 가정사, 진로와 관심사 등 집중적으로 파헤치며 접근하기 시작하니 서서히 소통되기 시작했다.

한 학기 중 절반이 지날 즈음 그에게 슬며시 다가가 점심시간 급식소 테이블 닦기 봉사활동을 권장해 보았다. 점심시간 급식소는 선교생 인원수에 비해 장소가 협소하여 먼저 식사한 학생들의 테이블을 행주로 깨끗이 닦는 봉사활동이었다. 물론 그 학생이 전교생이 보는 앞에서 급식소 테이블 닦는다는 것은 상상조차 할 수 없는 일이었으며 분명 거절할 것이라는 선생님들의 예상은 빗나가고 말았다.

음식 찌꺼기 담을 바가지와 행주를 들고 묵묵히 테이블을 닦는 모습을 본 선생님들이 놀랐고, 나 역시 칭찬을 아끼지 않으며 봉사 활동에 대한 상점을 차곡차곡 지급하였다. 그런데 상점을 부여하는 나에게 강한 불만을 표시하는 선생님이 있었다. 그 학생의 삐딱한 학교생활과 교사에 대한 불손한 태도 등으로 벌점을 차곡차곡 쌓아 선도위원회에 회부할 수도 있고, 그 학생을 제어할 수 있는 유일한 수단이 벌점인데 상점이 매일 쌓이고 있으니 그 학생을 지도하기 어렵다는 것이다.

담임선생님 입장이 이해되지 않는 것은 아니었지만 계속 그 학생과 소통하였다. 큰 결심으로 점심시간에 봉사활동을 하는 학생에게 상점 부여하는 것에 대한 강한 불만과 봉사활동 자체를 인정하지 않겠다는 담임선생의 말에 강한 거부감을 표출하였다. 그 일로 학생의 담임선생과의 관계는 멀어지고 말았다. 그렇게 여름방학이 다가와 봉사활동은 중단되었고, 2학기에도 별다른 문제와 말썽 없이 졸업한 그 학생이 기특하기만 했다.

담임선생님들은 아침저녁으로 아이들 출결 확인과 교내외 생활을 걱정하고 학업 성적 또한 무관심할 수 없는 일이다. 또 입시와 진로 문제, 학부모 상담도 기다리고 있으니 할 일이 참 많다. 그런데 반마다 꼭 한두 명씩은 담임선생의 속을 상하게 하는 아이들이 있다.

늘 복도에서 장난치며 소리를 지르는 아이, 수업 시간에 태도가 불량하여 지적받는 아이, 다른 아이들과 사사건건 마찰을 일으키는 아이, 상습 지각하는 아이들 때문에 담임선생은 언제나 힘이 든다. 학부모 상담과 학생과의 개별 상담으로 학교생활을 잘하겠다는 약속은 매일 다짐받지만 아이들의 변화를 기대하기란 쉽지 않다.

문제는 벌점이 많은 학생을 대상으로 선도위원회에서 징계를 할 수 있다는 규정이 논란이다. 학교마다 약간의 차이가 있지만 수업 중 주변이 산만하고 장난이 심한 아이들, 상습적으로 슬리퍼를 신고 등하교하는 아이들, 교복 입지 않고 등교하는 아이들, 청소하지 않고 도망가는 아이들, 약속을 지키지 않는 아이들을 대상으로 징계한다는 것은 부당하다는 것이다.

맞는 말이다. 학교는 교과 교육뿐 아니라 아이들의 사소한 언어와 행위, 사회성, 인성교육 등 끝없이 지도하고 교육해야 할 의무가 있다. 때로는 속상하고 화나는 일이 왜 없겠는가? 하지만 사소한 작은 벌점이 모여 과다점수로 징계를 한다는 것은 가혹한 처사이기 때문이다.

어린 학생들은 장난꾸러기들이 참 많다. 그러니까 아직은 청소년이라는 단어가 따른다. 소란스럽고 주변이 산만하기도 하고 때로는 장난치다 유리창을 깨기도 하고 지나친 장난에 주먹다짐으로 이어질 때도 있다. 그것이 의도적 행위가 아니라면 끝없이 지도해야 한다. 때로는 변화를 기대하면서 기다려주기도 하고 칭찬과 채찍이 적당하게 어울릴 때 아이들은 변하기 시작한다.

물론 벌점이 지나치게 많은 것도 문제가 있다. 벌점을 부여받아도 관심 없고 나 몰라라 하는 학생도 많다. 그런 학생의 부모 역시 아이에게 관심이 부족한 편이다. 고의적이고 계획적이 아니라면 지도와 교육이 필요한 것이지 징계 대상이 될 수는 없다.

벌점에 민감한 학부모들도 많다. 벌점이 부여되면 채 5분이 되지 않아 민원 전화가 걸려 온다. "왜 우리 아이가 벌점을 받았느냐? 이런 항목이 규칙에 명시되어 있느냐?" 등 온갖 불신의 민원 전화다. 과다 관심이 아니라 불만을 표출하는 것이다.

그냥 학교를 믿으면 된다. 제도적 문제는 있을 수 있지만 학교 선생님에게 신뢰를 가졌으면 한다. 어쩌면 가정에서 볼 수 없는 내 아이의 문제점과 특이점을 학교에서 발견할 수도 있다. 놀랄 일도 아니다. 아이들의 특성이 그렇고, 아이들은 그렇게 성장하기 때문이다.

벌점 없이 상점만 받아오는 학생, 상점만을 고집하는 학부모는 재미가 적을 것 같다는 생각도 든다. 때로는 아이들의 작은 실수를 인정하고 그런 행위를 관찰하는 것도 교육이 될 수 있다. 상·벌점 제도는 징계를 위한 제도가 아니라 아이들의 교육적 수단으로 활용되어야 하겠다.

질풍노도의 청소년 시기

　　10대들의 질풍노도의 시기란 어린이에서 청소년 시기를 거치면서 성인으로 성장하는 과도기적인 시기를 뜻한다. 심리적인 좌절과 불만이 잠재하여 반항과 일탈을 서슴지 않으며, 정서적 불안으로 극단적인 생각과 때로는 과격한 감정을 드러내는 시기를 청소년에 비유한 표현이다. 자신의 행동이 잘못된 줄 알면서도 주변 어른들의 가르침을 쉽게 받아들이지 못한다. 문을 '쾅' 닫고 나간다거나 주변의 물건을 발로 걷어차는 행동으로 표출하기도 하며 심할 경우 욕설을 내뱉기도 한다.

　　불손한 행동은 부모에게 더 강하게 표출된다. 아직은 부모의 품에서 귀염과 사랑받으며 보호받아야 할 단계에 있다. 하지만 자신을 지켜주고 있음을 알면서도 어머니에게 막말을 하거나 소리를 지르며 일탈을 일삼는 아이들도 쉽게 볼 수 있다. 자식 이기는 부모 없다고, 일찍 포기하는 학부모가 있어 안타까운 심정이다.

　　질풍노도의 시기를 꼭 나쁘게 생각할 필요는 없다. 이 시기는 사춘기와 맞물려 자신의 심리적, 신체적 변화와 주변 상황을 잘 파악한다. 또 사물을 바르게 보고 판단하며, 문제 해결에 대한 빠른 해결보다 합리적이고 이성적인 판단 능력을 길러주는 것은 최고의 성장 과정이라 할 수도 있다. 하지만 무엇을 어떻게 해야 할지, 생각처럼 쉽지는 않다.

학생들을 상담하다 보면 자신이 하고 싶은 말이 있는데 결과만으로 따지듯 몰아붙일 때 아이들은 답답함을 호소하며 눈물 흘리거나 폭력성이 서서히 등장하는 경우가 종종 발생한다. 자신의 말을 들어주지 않아 화가 난다는 것이다.

학생이 하고 싶은 말이 무엇인지, 당시 상황이 어떻게 진행되었는지 자초지종을 들어줄 수 있어야 하고 상담자가 누가 되었든 기다려주어야 한다. 학생이 아무리 큰 잘못을 했다 하더라도 화를 내지 않아야 하며 편안한 목소리로 대화는 진행되어야 한다.

아이들은 본능적으로 자신의 잘못에 대해 거짓말부터 하고 본다. 거짓말인 줄 알고 있더라도 기다려야 하며 믿음을 주어야 한다. 그랬을 때 자신의 고민과 가정사까지 털어놓으며 진실은 쉽게 밝혀지게 마련이다.

질풍노도의 시기에 자신의 감정을 적당히 노출하고 제자리로 돌아오면 좋겠지만 길어지면 또 다른 문제점이 발생할 수도 있다. 이성에 눈을 뜨게 되고, 어른 흉내를 내기 시작하는 시기이기도 하지만 더 넓은 세상이 보이며, 새로운 물건들이 갖고 싶은 시기이기도 하다.

남학생들은 가격이 비싼 자전거와 오토바이가 눈에 들어오기 시작하며 휴대전화나 명품, 고가의 옷, 신발 등을 갖고 싶어 하기도 한다. 여학생들은 자신의 외모에 관심을 가지며, 화장하는 방법을 습득한다. 그 외에도 비싸고 질 좋은 화장품에 관심을 보이며, 명품 옷이나 신발, 액세서리 등에 많은 관심을 보이기도 한다.

이러한 모습은 지극히 자연스러운 현상이나 부모님 형편이 넉넉하지 않으면 작은 마찰이 될 수 있다. 아이들 역시 부모님의 형편을 고려하여 자신이 포기하지만 꼭 그렇지 않은 경우도 많다.

어려운 형편이지만 내 아이 생일을 기점으로 작은 선물이라도 하는 것은 어떨까? 사랑한다는 편지와 함께 전달한다면, 분명 작은 감동으로 표현하지 않더라도 고마운 마음을 오래도록 간직하지 않을까?

아이들은 자신이 좋아하는 스포츠, 야구나 축구 월드 스타를 좋아하고, 외국 유명 가수를 좋아하고, 또한 유명 영화배우에게 관심을 나타내기도 한다. 좋아하는 가수 콘서트 예매를 위해 컴퓨터 앞에서 수십 번을 시도하거나, 콘서트 당일 서너 시간 전부터 줄을 서 기다리며 공연에 미친 듯이 환호하는 것은 어쩌면 자신의 숨겨진 감성을 최대한 끄집어낼 수 있는 좋은 기회가 아닐까?

하고 싶은 것을 최대한 할 수 있도록 하자. 무엇을 하든 기초부터 차근차근 배울 수 있도록 지원해야 하며 노력하는 아이들에게 칭찬도 아끼지 않아야 한다. 스포츠, 음악, 댄스, 여행, 레저 등 다양한 체험은 성인이 되어 직장이나 사회생활에서도 분명 커다란 도움이 될 수 있을 것으로 생각되며, 어쩌면 리더의 자리에서 최고의 역할자로 거듭나지 않을까, 작은 기대를 해 본다.

관심받고 싶은 아이들

중학교 신입생 말썽꾸러기 무리가 있었다. 입학 초기에는 아이들 성향과 그들만의 무리를 파악하기 바쁘다. 초등학교 때 학교폭력 경험이나 특이한 점은 없는지 아이들 동선 파악에 다소 시간이 걸리는 것이 사실이다. 그러나 어디서든 눈에 띄는 아이들이 있기 마련이다. 아직은 어린 중학생이라 크고 작은 사소한 말썽들은 가볍게 넘어갈 수 있지만 학부모들이 받아들이는 감정에 따라 사건이 확대될 수도 있고 별일 아닐 수도 있다.

평범하게만 보이던 장난꾸러기 아이들이 신학기부터 고개를 내밀기 시작했다. 그들 무리는 또래 아이들에 비해 비교적 작은 아이들이었다. 교실 복도나 교내에서 마주치면 반갑게 인사도 잘하고 자신의 이름을 알아 달라는 듯 애교 섞인 표현도 잘하는 아이들이었다. 따뜻한 어느 봄날 주말 프로그램으로 낙동강 자전거 문화 탐방을 실시하였는데 그 무리 대부분이 참석하여 즐겁게 주말을 보냈던 기억도 있었다.

1학기가 지나고 2학기가 시작되니 조금씩 말썽꾸러기 행동들이 나타나기 시작했다. 저녁이 되면 특별히 갈 곳이 없던 그들은 동네 초등학교에 들어가 화단에 불을 지르거나 현관 앞에 있는 국화꽃을 망가뜨렸다. 또 주차해 있는 멀쩡한 자전거를 부숴 놓기도 했으며, 이들 중 절반은 흡연의 유혹에 서서히 빠져들고 있었다.

지역에서 이들로 인해 발생하는 크고 작은 민원 한두 건은 담임 선생의 호소와 비교적 가벼운 훈방으로 마무리할 수 있었으나, 연속되는 말썽에 그 수위가 점점 높아져 학교에서는 고민거리가 되지 않을 수 없었다.

그러던 어느 날 한 통의 민원이 접수되었다. 밤길을 걷던 어떤 할머니가 갑자기 쓰러지셨는데, 그 곁을 지나던 학생들이 할머니를 부축하고 의식이 뚜렷하지 않아 119에 신고를 했다고 한다. 쓰러진 할머니의 체온이 떨어질 것을 염려하여 119가 도착할 때까지 자신들이 입고 있던 패딩 점퍼를 덮어드리고 일부 학생들은 자동차로 인한 2차 사고를 방지하기 위해 도로 차량을 통제했다는 것이다. 그렇게 안전하게 할머니를 지켜드렸다는 학생들의 이야기를 어느 아저씨가 전화로 학교에 알려 주었다.

얼마나 대견스러운 일인가? 쓰러진 할머니를 끝까지 곁에서 지켜주었고, 2차 사고 예방을 위해 차량을 통제했다. 아이들의 상황 판단과 체온이 떨어질 것을 염려해 패딩 점퍼를 덮어준 그들의 행동은 분명 모범 학생들이었다. 그런데 이렇게 대견스러운 아이들이 때로는 엉뚱한 말썽에 학교 명예를 실추시키고 이해할 수 없는 행동으로 모두를 당황스럽게 하였던 그 무리였다.

학교는 고민이 깊어졌다. 분명 선행을 베푼 학생들이 틀림없는데, 이 아이들을 징계 대상자로 내몰아야 할 것인가 하는 고민은 쉽게 해결되지 않았다. 학교의 고민이 깊어가던 중 그 무리가 이해할수 없는 사소한 사건들을 한두 건씩 더 발생시켜 고민 끝에 선도위원회에 상정하는 것으로 협의가 되었다.

이들은 과연 두 얼굴일까? 조용히 그들을 한 명씩 불러 상담을 진행했다. 그들의 심리와 주변 환경이 궁금했다. 상담 결과 이들 중절반은 상처 입은 아이들이었다.

"초등학교 때 부모님께서 이혼하셨고 저는 아빠와 살고, 여동생은 엄마와 살아요."

"엄마는 2년째 암 투병 중이시고, 아빠는 회사 다녀요."

"아빠가 출장으로 자주 집을 비워요. 엄마는 그냥 집에 계셔요."

"아빠는 회사 다니시고, 엄마는 마트에서 일해요."

"저는 할머니랑 살아요."

어느 가정인들 편안한 가정은 없었다. 출근 시간과 업무 시간이뒤엉켜 아이들을 돌볼 수 있는 시간조차 내기 힘든 가정도 있었지만 분명한 것은 모두들 힘든 삶을 열심히 살아가는 가정이었다. 어느 부모님이 내 아이에게 관심이 없을까? 잘 키우고 싶지 않은 부모가 있을까?

사고뭉치 아이들에게도 분명 이유가 있었다. 중학교 1학년이면아직도 어린아이나 다름없다. 엄마 치마 품에 싸여 갖고 싶은 것을 가지기 위해 떼를 쓰기도 하고, 아빠가 퇴근하면 학교에서 있었던 일들을 칭찬받으며 어리광 부릴 나이다. 그들에게 관심과 사랑은 있었지만 힘든 삶에 아이들과 함께할 시간이 부족했다.

부모님들에게서 관심과 사랑을 받지 못하는 것이 아니라 가족들의 생계를 위한 부모님들의 힘든 삶이 아이들에게 관심과 사랑을 채워주지 못하고 있음이 마음 한구석 안타까움으로 자리 잡았다. 부모님도 얼마나 안타까울까? 한없이 귀한 내 자식 따뜻하게 입히고 맛난 음식 먹이고 싶지 않은 부모가 있을까?

선도위원회가 시작되었다. 부모님들 대부분이 참석했고, 아이들은 자신들의 행동이 잘못되었음을 인정하였다. 아이들이 여러 명 뭉치게 되면 영웅심리가 작동한다. 옳지 않은 행동임을 뻔히 알면서도 누군가 잘못된 행동을 시작하면 너 나 할 것 없이 따라서 하기도 한다.

단 한 명이라도 제지하지 못하는 분위기가 아쉬웠을 뿐, 분명 아이들은 잘못된 행동임을 인지하고 있었다. 관심받고 싶어 하는 숨은 마음이 삐뚤어진 행동으로 표출된 것은 당황스러웠지만 늦은 밤 위험에 처한 할머니를 온몸으로 막았고, 끝까지 지켜준 이들은 분명 칭찬만으로는 부족했다.

부모님들의 진술이 잇따랐다. 하나같이 "먹고살기 힘들다 보니 아이들에게 관심이 소홀했던 것 같다.", "앞으로 관심과 사랑으로 아이들과 많은 시간을 보내고 싶다."는 대답들이었다.

회의 결과는 반전이었다. "비록 어린 학생들이지만 잘못된 행동인지 충분히 판단할 수 있는 상황에서 제어되지 않고 지속적인 일탈행위를 했음은 처벌받아 마땅하다. 그러나 위기에 처한 할머니를 구출하는 선행은 분명 칭찬받아야 한다."며, 가정환경을 고려할 때 그들의 일탈은 분명 어른들에게도 책임이 있음을 지적하였다.

따라서 처벌보다 상담과 교외 체험 활동으로 접근하여 주말 프로그램을 활용한 등반, 자전거 타기, 영화관람, 역사 문화 산책 등 아이들과 함께 시간을 보내며 그들의 생각과 눈높이에서 성장할 수 있도록 칭찬과 격려를 하기로 했다. 그리고 아낌없는 관심과 지원을 해야 하며, 아이들의 반성이 아니라 우리 어른들이 먼저 반성해야 한다는 결론을 내렸다.

어른들의 반성, 이례적인 결론이었다. 아이들을 징계라는 굴레로 내칠 것이 아니라, 가정과 학교에서도 반성하고 그들을 위해 무엇을 할 것인가를 조용히 돌아보게 하면서 어른들의 반성을 촉구했다.

그 후 아이들을 데리고 낙동강 자전거 문화탐방과 인근 지역 평화의 축제 속으로 체험학습을 떠났다. 아이들이 그렇게 좋아할 수 없었다. 천방지축 뛰어다니는 아이들을 통제하기가 쉽지 않았다. 그들의 관심은 축제가 아니라 온통 먹거리에 있었다. 떡볶이에 어묵, 소시지와 아이스크림을 먹고 싶어 하는 개구쟁이들이었다.

그랬다. 그들은 분명 관심받고 싶고 사랑받고 싶어 하는 평범한 아이들이었다.

작은 칭찬으로 아이들은 변한다

아이들은 관심과 사랑에 메말라 있다. 자라는 가정환경에 따라 아이들의 인성이 다르게 형성되는 것은 부정할 수 없는 사실이다. 방학을 이용하여 엄마, 아빠의 휴가 계획에 맞춰 국내든 해외든 자연스럽게 다른 지역 문화를 경험한다. 때로는 할아버지, 할머니 댁에서 시간을 보내며 사랑을 듬뿍 받은 아이들은 어른을 공경하고 항상 여유와 미소가 가득하다.

엄마, 아빠의 잦은 다툼과 고함을 듣고 자란 아이들의 정서적 심리 상태는 불안감과 공포심을 지니고 있다. 그리고 부모의 별거와 이혼이라는 결정에 외로움과 허전함으로 심리적 불안감에다 우울증까지 큰 상처를 받지 않을 수 없다.

자신을 표현할 수 있는 아이와 그렇지 못하는 아이의 특징도 큰 차이를 보인다. 자신을 표현할 수 있는 아이들은 자신의 장점과 잘할 수 있는 모든 것들을 부끄러움 없이 당당하게 표현하고 귀찮을 정도로 따라다니며 자랑하기도 한다.

그렇지 못한 아이들은 수업 중 가벼운 질문에도 회피하며 눈빛조차 마주치지 않으려 고개를 돌린다. 수업이 아닌 다른 개인적인 질문에도 답변을 회피하며 모든 것에 자신이 없다. 그냥 조용히 내버려 두기를 바라는 눈빛으로 만사 귀찮아 엎드려 잠만 자는 아이들도 있다.

기분이 좋으면 학교폭력이 줄어든다? 맞는 말이다. 매일 아침 교문 앞에서 학생 등교 지도를 한다. 복장 단속과 위반 사항을 적발하기 위해 있는 것이 아니라 등교하는 학생들과 기분 좋은 말을 주고받으며 하루를 시작하기 위해 가벼운 아침 인사를 나누기 위함이다.

물론 복장 위반이나 교칙을 위반하는 학생들에게도 벌점보다 듣기 좋은 말로 웃으면서 조심스럽게 지적한다. 아이들도 웃으며 "네, 선생님. 내일은 꼭 약속 지킬게요."라고 답한다. 아침부터 벌점을 부과하고 잔소리하게 되면 혼나는 아이들도, 꾸짖는 나 역시 기분이 좋지 않고 괜히 짜증스럽다.

가벼운 아침 인사는 하루를 즐겁게 한다. 헤어스타일이 바뀐 학생에게 "지난번 헤어스타일보다 훨씬 더 잘 어울린다.", "오늘 노란색 점퍼가 참 예쁘다. 너랑 잘 어울린다.", "얘들아 오늘 하루도 즐겁게 보내자." 등 칭찬 속에 작은 관심을 보여주면 아이들은 더욱더 좋아한다.

"야! 요즘 수업 시간에 태도가 아주 좋아졌다던데?"

"너 요즘 복싱 체육관 열심히 잘 다니고 있어? 대회가 언제야?"

"축제 때 너희들 활약상에 반해 선생님이 네 팬이 되었어."

"요즘 지각도 안 하고 학급에서 모범적이라 담임선생님께서 칭찬하시던데."

"너 이번 학기에 키가 많이 컸네."

가벼운 관심과 칭찬에 아이들은 정말 좋아한다. 칭찬받는 아이들은 복도에서 마주쳐도 달려와 반갑게 인사하고 눈을 마주치기 위해 손을 흔들며 '나를 봐주세요!' 라는 손짓으로 인사를 하기도 한다.

가벼운 눈빛으로 주고받는 인사도 괜찮다. 미소는 부드러운 눈빛에서 나온다. 온화한 미소에 눈빛이 날카로울 수 없으며, 날카로운 눈빛에 온화한 미소가 나올 수 없기 때문이다.

칭찬과 관심, 가벼운 인사 한마디가 어려운 일이 아니다. 예절의 시작은 인사 예절이다. 인사 예절이 잘되어 있는 아이들은 인성도 좋다.

대화 중 무심코 던진 욕설에 자신이 욕을 했는지조차 모를 만큼 습관인 아이들이 많다. SNS를 통한 욕설과 뒷담화에서 학교폭력이 많이 발생하기도 한다. 어떤 경우는 군이 학교폭력으로 몰아야 할까 싶은 일도 있다. "미안해!" 한마디면 쉽게 용서되고 해결될 일도 학교폭력으로 몰아가는 모습에 허탈한 심정이 느껴질 때도 많다.

인사 예절부터 배우자. 어린 시절 유치원에서 배운 배꼽 인사의 기억은 평생 간다. 예절 바른 인사는 서로를 기분 좋게 만들며, 다양한 계층의 사람들과 어울릴 수 있는 디딤돌이 되기도 한다. 그 사람의 인격을 평가하기도 하지만 더 중요한 것은 세상에 대한 편견을 없애고 긍정적으로 바라보게 만드는 첫걸음이 되기도 하기 때문이다.

다정한 미소는 나를 변하게 하고 눈앞의 세상을 변하게 만든다. 예절 바른 인사 습관이 있으면 인생의 절반은 성공이라는 말이 실감 나게 하는 대목이 아닐 수 없다.

상습 지각을 악용하는 아이들

초·중등교육법 시행령에 따르면 지각이란 학교장이 정한 등교 시각까지 출석하지 않는 경우를 말하며, 조퇴란 학교장이 정한 등교 시각과 하교 시각 사이에 하교한 경우를 말한다. 또 결과란 수업 시간의 일부 또는 전부에 불참하거나 교육활동을 고의적으로 방해한 경우를 말한다.

40여 년 전 도심 속 중고등학생의 등교 시간은 어른들의 출근 시간과 일치하여 복잡한 버스에 탑승하기란 여간 어려운 일이 아니었다. 버스에 승객이 꽉 찼는데 하차하는 사람이 없다면 정류장을 그냥 지나치는 경우도 허다했다.

어느 날 등교를 위해 버스를 기다리는데 사람이 붐비는 만원 버스에 하차하는 사람이 없어 정류장을 지나쳐 버렸다. 그날 단 5분의 억울한 지각으로 초·중·고 12년의 개근을 놓쳐버린 안타까움은 아직도 내게 잊히지 않는 상처로 남았다.

요즘 학생들은 지각이라는 인식이 많이도 바뀌었다. 1교시 시작종이 운동장 가득 울려 퍼져도 교문 앞에서 태연하게 걷기만 한다. 교문 앞에서 열심히 달리면 지각하지 않지만 정신없이 뛰어야 할 이유도 없고, 생활기록부에 지각 몇 개 있다고 해서 달라지는 것이 없으니 크게 신경 쓰지 않는다. 하루 이틀 지각과 결석이 발생하면 담임선생님은 걱정되어 부모에게 연락을 해도 관심이 별로 없다. 심지어 전화 받기조차 귀찮아한다.

　지각에 대해 커다란 모순점이 있다. 1교시 5분 늦게 등교하여 지각 처리되나 오후 마지막 7교시 수업 마치기 10분 전에 등교하나 지각은 똑같다는 것이다. 이렇다 보니 점심시간에 맞추어 등교하는 학생, 두세 시 넘어서 출석을 목적으로 등교하는 학생이 등장하기 시작했다. 어쩌다 지각하는 것이 아니라 상습적인 지각생으로 둔갑하는 것이다.

　학교에서는 상습 지각으로 선도위원회에 회부하여 징계를 결정하지만 서너 차례 징계하고 나면 더 이상 징계 수위가 없다. 고등학교에서는 자퇴와 퇴학이 있어 지각과 결석을 가만두지 않겠지만 중학교에서는 의무교육이 발목을 잡고 있기 때문이다.

　학교 법안을 모를 리 없는 중학생들은 교육법을 교묘히 악용하여 미인정 결석을 하더라도 쫓겨날 리 없으니 수업 일수만 계산하고 있는 학생이 가끔 나타난다. 학교 수업 일수란 초·중등교육법 시행령에 따라 학교장이 정한 학년별 연간 출석해야 할 일수를 말한다. 따라서 학생의 출석 일수가 당해 학교 당해 학년 수업 일수의

3분의 2 미만이 될 경우에는 각 학년 과정의 수료에 필요한 출석 일수 부족 등으로 수료 또는 졸업 인정이 되지 않아 당해 학년도 재취학·전입학이 불가능하다.

학교 연간 수업 일수가 약 190일일 경우 3분의 2를 계산하면 63일이다. 즉, 63일 이상 미인정 결석이면 수료와 졸업이 되지 않는다는 계산이 나온다. 이쯤 되니 일부 수업 일수만 세고 있는 학생이 있다. 상습 지각과 장기 미인정 결석으로 징계를 받아도 큰 의미가 없다. 수업 일수가 부족하다 싶으면 오후 두세 시에 등교하여 담임 선생님에게 출결만 체크하고 30분도 채 머물지 않고 하교하니 이는 아무리 늦게 등교하여도 지각은 출석으로 인정된다는 점을 악용하는 것이다.

이런 학생의 가정에서는 부모조차 관심이 없다. 자식이 뜻대로 되지 않으니 자포자기 상태이다. 그러니 답답하고 애가 타는 것은 담임선생님이다. 학부모 상담과 학생 상담을 일지에 빼곡히 써 내려가도 학생은 변하지 않고, 졸업은 시켜야겠는데 학생 얼굴을 볼 수 없으니 답답하다. 내일부터 정상적으로 등교하겠노라 아무리 약속하여도 지켜지지 않는다. 차라리 기숙사라도 있으면 강제로라도 붙들고 싶은 마음뿐이지만 현실은 그렇지 않다.

학교에서 이들을 위해 할 수 있는 것은 절차에 따라 징계 수위를 결정하고 전문가 상담을 통한 위기 학생 프로그램 안내, 때에 따라서는 학업 중단 위기 학생 숙려제를 통해 구제하는 방법뿐이다. 더욱 화가 나는 것은 학교를 무슨 놀이터로 알고 있는 경우이다. 1년 중 정상적인 등교는 며칠 되지 않고 오전 11시 이후 또는 오후 서너 시가 되어 나타나 뻔뻔스레 "이제 수업 일수 며칠 남았죠?"라고 빤히 쳐다보며 묻는 말에는 정말 대답하기 싫어진다.

이뿐만이 아니다. 어쩌다 오전 11시에 책가방도 없이 나타나 "저 오늘 일찍 왔죠? 칭찬해 주세요."라며 당당하기 그지없다. 그마저 남은 시간 교실 수업 열심히 듣는 것도 아니다. 담임선생님 출결 눈 도장 찍으면 교실에 들어오지도 않고 점심 식사 후 잠시 외출한다 며 그길로 사라지고 없다.

한두 명의 이러한 행위가 전교생에게 미치는 영향은 엄청나다. 오후에 등교하는 상습 지각생이 고학년으로 갈수록 하나둘씩 늘어 나는 추세라 학교에서도 이들 문제 해결에 고민만 깊어갈 뿐이다.

지각 처리에 관한 법안 문제로 일선 학교에서는 교육부 질의가 많다. 오후 마지막 시간 수업 종료 20분 전에 등교한 학생에게 과연 출석을 인정해야 하는가? 미인정 결석이 아닌 줄 알면서도 일선 학 교의 강한 질의에 대해 답답함을 호소하는 것임을 교육부는 왜 모 르겠는가?

학업 중단 위기 학생 숙려제는 지역 교육청 Wee센터 최후 프로 그램으로 전문상담사가 기다리고 있으나 신청자가 많아 대기자가 밀렸다. 학교를 졸업시키기 위해 온갖 아이디어를 짜내며 고민하 는 교육 관련 부서들이 해결해야 할 과제임은 틀림없다.

"당해 학교 당해 학년 수업 일수의 3분의 2미만이 될 경우에는 각 학년 과정의 수료에 필요한 출석 일수 부족 등으로 수료 또는 졸업 인정이 되지 않아 당해 학년도 재취학·전입학이 불가능하다."
라는 규정을 바꾸고 싶다. 수업 일수 3분의 2 기준으로 수료와 졸업
기준을 정할 것이 아니라 과목별 시수 3분의 2를 기준으로 결정하
면 어떨까 조심스럽게 생각을 해본다.

수업 일수를 기준으로 한다면 1년이 지나도록 어떤 과목은 한
시간도 듣지 않아도 졸업이 가능하다는 것이다. 예를 들면 매일 오
후 등교하는 경우 국어, 영어, 수학, 사회, 과학 수업이 오전에 집중
되어 있으니 1년 중 단 한 시간도 듣지 못하는 경우도 발생할 수 있
다. 즉, "국어, 역사, 수학, 영어, 과학, 체육 등 어느 한 과목이라도
그해 시수 3분의 2 미만이 될 경우 수료와 졸업 인정이 되지 않는
다." 요렇게 바꾸고 싶다.

아이들은 분명 교육받을 권리가 있다. 학교 교육법을 교묘히 악
용하는 학생들의 졸업을 위한 프로그램이 우선이 아니라 학교 수
업을 우선으로 들어야 하는 안정적 제도와 이들의 인성 교육이 우
선되어야 하지 않을까? 고민해도 소용없겠지만 답답한 마음만 앞
선다.

가출하는 아이들은 부모가 찾아오기를 기다리고 있다

청소년 시기에 많은 아이들이 가출을 경험한다. 이유는 다양하다. 학교가 싫어 가출하는 아이들, 부모님과의 갈등으로 가출하는 아이들, 이성 교제 속에 집에 가기 싫어하는 아이들, 노력한 만큼 성적이 오르지 않을 때, 부모님의 잦은 부부싸움과 이혼 등으로 부모에게 반항심을 느낄 때, 부모님의 지나친 간섭이나 요구 사항이 있을 때나 이유 없는 반항과 흔들림 속에 방황하는 아이들, 주변 친구들의 영향도 있을 수 있다.

또래 집단의 영향이나 학교 친구들 간의 갈등과 왕따 문제에 직면할 때, 혹은 상습적으로 여러 친구 집을 돌며 집에 들어가지 않는 아이들은 가출이라기보다 자식 이기는 부모 없듯이 자식이 속 앓는 부모님들의 뜻대로 되지 않는 상황으로 여겨진다.

가출하는 아이들에 대한 부모의 마음은 새까맣게 탄다. 정상적인 직장생활조차 힘들 정도로 걱정이 앞서고 아무것도 할 수 없다. 가출에 대한 아이들의 이유야 어쨌든 그들의 심리를 보면 재미있는 상황을 발견할 수 있다. 20여 년 전 자녀 가출에 대한 부모의 애타는 마음이 담긴 재미있는 기억이 떠올랐다.

가출 첫째 날, "이놈 자식, 집구석에 들어오기만 해 봐라. 가만 안 둘 거다."

가출 둘째 날, "허~ 이것 봐라 아직도 안 들어와? 죽으려고 환장했나?"

가출 셋째 날, "오늘도 안 들어왔어? 집구석에 들어오더라도 문 열어 주지 마!"

가출 넷째 날, "아니, 이 녀석이! 당장 호적에서 파내!"

가출 다섯째 날, "아빠가 잘못했다. 모든 것을 용서할 테니 집으로 돌아오거라."

우스갯소리로 떠들어 댔지만 집 나간 자식 찾는 애틋한 부모의 마음을 헤아릴 수 있는 대목이다.

아이들 심리는 어떨까? 집 나오니 배고프고 친구 집에서 신세 지는 것도 하루 이틀이지 눈치 보여 싫고, 친구 보기에도 처량하기 그지없고, 돈 떨어지고 나면 집 생각에 엄마, 아빠 생각은 저절로 난다.

부모님이랑 싸우고 홧김에 뛰쳐나온 하루 이틀의 가출이야 부모님이 내 아이가 행여나 또 가출할까 걱정이 되어 조심스레 잔소리도 줄이고 자식 눈치를 본다. 이것을 긍정적으로 생각하면 좋은 체험이고 추억이라 할 수도 있겠지만 장기간 가출은 가정이 무너질 정도로 힘든 상황으로 치닫게 된다.

흡연과 사소한 폭력으로 말썽을 일으키던 학생이 가출을 결심하였다. 어머니에게는 어찌 위기를 모면하기 위해 거짓과 애교로 지나갈 수 있었으나 문제는 아버지에게 호되게 야단맞을 생각을 하니 걱정되고 무서워 가출을 결심하게 되었다.

가방에 옷가지를 챙겨 가출의 모양도 갖추었다. 막상 집 나오니 돈도 없고, 친구 집도 하루 이틀이지 갈 곳이 마땅치 않아 친구를 통해 은근히 하룻밤 머물게 될 장소의 정보를 흘렸다. 다음 날 부모님은 당연히 친구들을 추적하여 어렵지 않게 아들을 찾아냈다. 가장 흔한 가출의 형태다.

또 다른 학생은 어린 중학생이 가출을 결심하고 짐 보따리 챙겨 부모님에게 편지도 남겼다. 워낙에 작정하고 떠난지라 친구들에게 알리지도 않았다. 부모는 자식을 찾기 위해 가출 신고와 할 수 있는 모든 것을 총동원하였으나 쉽지 않았다.

가출 학생은 집에서 약 100여 km 떨어진 작은 도시 어느 식당에서 숙식을 제공받고 일하고 있었다. 그러나 열흘쯤 지나니 매일 반복되는 힘든 노동에 친구들이 보고 싶고, 집이 그리웠다. 그제야 친구들에게 일하고 있는 지역과 식당에 대한 정보를 은근히 흘렸다.

다음 날 부모님이 당장 달려왔다. 학생은 부모님을 만난 순간 무엇이 그리도 서러웠던지 엄마 품에서 엉엉 울었다. 역시 부모님보다 더 그리운 것은 세상 어디에도 없었던 것이다.

고등힉생들의 가출은 조금 차원이 다르다. 나이만 속인다면 어디든 아르바이트가 가능하기 때문이다. 그렇지만 집과 학교, 친구를 떠나 가출하더라도 오래가지 않는다. 아이들의 행동반경은 그렇게 넓지 않다. 미성년자가 머무를 곳도 기껏해야 친구 집이다. 가출 낌새라도 보이게 되면 친구 어머니가 걱정스러운 마음으로 가출 학생 부모에게 연락하는 경우도 적지 않다. 아직은 부모님 품에서 보호받으며 사랑받아야 할 아이들이기 때문이다. 가출 아이들이 은근슬쩍 자신의 은신처를 남기거나 친구들에게 위치를 공유한다는 것은 부모님이 빨리 찾아오기를 기다린다는 것이다.

내 아들, 딸 귀하지 않은 자식이 어디 있겠는가? 가출하는 아이들을 아무 말 없이 조용히 가슴으로 안아주고 싶다.

가을 체육대회와 축제가 필요한 이유

가을 중간고사가 끝나면 학교는 정신없이 바쁘기 시작한다. 1년 중 가장 큰 행사라고 할 수 있는 체육대회와 축제가 기다리고 있기 때문이다. 체육대회 종목은 초등학교와 크게 달라진 것은 없지만 분위기는 전혀 다르다. 2주 전부터 체육대회 당일 결승전을 위한 줄다리기 학급별 예선전과 미니 축구 예선전 등 각반들의 응원 속에 학교는 활기가 넘친다.

체육대회 당일은 이어달리기, 풍선 터뜨리기 등 협동을 위한 종목들이 기다리고 있으며 결승전은 목이 터져라 쏟아져 나오는 아이들의 생동감 넘치는 함성 속에 선생님들도 잠시 동심으로 돌아가 자기 반 승리를 위해 목청을 높인다.

초등학교와 분위기가 다른 점은 부모님이 오지 않으니 먹거리가 풍족하지 않다는 것 외에는 크게 다를 바 없다. 하지만 체육대회를 위한 준비과정에서 각 반의 특색을 나타내는 다양한 색상과 재미있는 디자인의 반 티셔츠 선택에 아이들의 반짝이는 아이디어와 재치 있는 글귀는 모두에게 신선한 볼거리를 제공한다.

이뿐만이 아니다. 아이들 자신을 나타내기 위한 다양한 캐릭터가 등장하고, 비록 장난감 같지만 선글라스, 모자, 머리띠, 페이스 페인팅으로 위장한 아이들까지 누구 하나 예쁘지 않은 아이들이 없다.

영웅도 탄생한다. 이어달리기 결승전에서 대역전극을 연출하거나 미니 축구에서 결승 골을 성공한 학생들은 인기 폭발로 이어진다. 비록 패배하더라도 고개 숙이고 돌아서는 아이들에게 "괜~찮~아! 괜~찮~아!" 구호를 외치는 아이들은 모두를 응원하고 화합하는 천사들로 변하게 된다.

다음 날 축제는 또 다른 볼거리와 흥분 속으로 빠져든다. 각 반별 특색 있는 부스 운영이 기다리고 있기 때문이다. 먹거리 장터, 귀신의 집, 헤어 디자이너, 사격과 다트 게임, 네일아트와 바디 페인팅, 동전 노래방 등 시간이 부족해 도저히 체험할 수 없음이 안타까울 뿐이다. 체험 금액이야 오백 원, 천 원으로 아이들 눈높이 수준이지만 어떤 학급은 준비 물품 소진으로 없어서 못 팔고, 어떤 반은 손님이 없어 호객 행위를 한다.

손님이 많아 재료가 소진되면 어떤가? 손님이 없어 재료가 남아 호객 행위를 하면 어떤가? 아이들의 참신한 아이디어와 기발한 창업은 곁에서 지켜보는 것만으로도 행복하다.

학부모들의 부스 운영도 한몫을 한다. 어묵을 끓이고, 떡볶이와 부침개는 엄마들의 손맛이라 아이들에게 인기 최고다. 달고나 체험과 자신을 표현하는 열쇠고리 만들기는 무료 체험이다. 늦가을의 맑은 하늘과 학교 교정의 아름다운 정원이 어우러진 축제 속에 그렇게 가을은 깊어간다.

축제의 하이라이트는 오후 장기자랑이다. 피아노 독주, 기타 연주, 현대 무용 자랑, 특색 있는 선생님 성대모사는 아이들이 배꼽을 잡고, 화려한 댄스 자랑과 인근 학교 언니들의 댄스 협찬으로 축제는 몰입의 경지로 치닫는다.

분명 이들 속에는 학교폭력의 가해자도 있고 피해자도 있다. 늘 조용하게 지내던 여학생이 선생님 성대모사에 전교생들이 배꼽 잡고 웃게 만들었고, 덩치 큰 조용한 남학생의 기타 연주는 여학생들에게 동경의 대상이 되었으며, 화려한 발레 주인공은 남학생들에게 관심의 대상이 되었다.

피날레를 장식하는 총각 선생님들의 굵은 목소리 삼중창은 무대를 꽉 차게 만들었고, 어설픈 선생님들의 춤은 앉아있던 아이들 모두를 일으켜 세워 무대와 관중석 할 것 없이 다 함께 어우러진 댄스 파티가 되었다.

세상에 이렇게 멋진 축제가 또 있을까? 아이들의 숨겨져 있던 끼와 참신한 아이디어들이 총출동하는 그야말로 화려한 그들만의 축제였다. 노래를 잘하지 않아도, 춤을 잘 추지 않아도 흥겨움이 묻어 있고 서로를 껴안으며 서로를 용서하고 인정하며 최고라고 치켜세워 주는 그들에게 희망과 미래가 묻어있었다.

세상 모든 아이들은 끼와 끄집어 내지 못한 그들만의 잠재력이 숨어있다. 학교 축제와 체육대회, 그들을 위한 파티는 그래서 지속 되어야 한다.

4부

모든 아이들은 행복해야 한다

학교폭력이란?

       학교폭력이란 단어가 언제부터 생겼을까? 1970년대 중학교와 1980년대에 고등학교를 다니던 시절은 학교폭력이란 단어 자체가 없었다. 친구들끼리 싸우다 코피가 터지고 이빨이 부러져도 가해 학부모님이 "입이 열 개라도 할 말이 없습니다." 죄인이 되어 진심으로 사과하고 피해 학생의 치료비와 약간의 합의금으로 화해와 용서가 되던 시절이었다.

    내 자식 두들겨 맞았는데 속상하지 않은 학부모가 있을까? 내 자식 귀하면 남의 자식도 귀하다는 말이다. 언제부터인가 학교폭력이란 단어가 일상 속 깊숙이 자리 잡았다.

    중등교육법에서 학교폭력이란 "학교 내외에서 학생을 대상으로 발생한 상해, 폭행, 감금, 협박, 약취·유인, 명예훼손, 모욕, 공갈, 강요·강제 심부름 및 성폭력, 따돌림, 사이버 따돌림, 정보통신망을 이용한 음란·폭력 정보 등에 의하여 신체·재산상의 피해를 수반하는 행위"를 말한다. 돈이나 물건을 빼앗고 빌려가서 돌려주지 않는 행위, 나쁜 말을 고의로 퍼뜨리거나 사진을 도용해 SNS에 유포하는 행위도 포함된다.

학교 밖에서 학생이 아닌 다른 사람에 의해 폭력을 당했거나 괴롭힘을 당했다면 상대가 학생의 신분이 아니더라도 학교폭력에 해당하며, 학교에서 교사가 학생을 대상으로 폭력을 행사해도 이는 학교폭력에 해당한다. 비록 장난으로 행동했다고 하더라도 피해자가 고통을 느끼면 학교폭력이 될 수 있으며, 개인정보 유출이나 허위 사실을 유포하여 상대방에게 고통을 느끼게 하는 일체의 행위 또한 학교폭력에 해당한다.

아이들이 가장 많이 저지르는 학교폭력 유형을 보면 상대에 대한 신체적 비하 발언으로 수치심과 모욕감을 주거나 이유 없이 째려보고, 복도에서 마주치게 되면 심한 욕설을 내뱉고, 고의적으로 어깨를 강하게 치거나 밀치며 위협하는 행위가 가장 많다.

이러한 경우는 욕설을 했다 하더라도 '나 혼자 내뱉은 말이며, 우리끼리 주고받은 대화였다'고 하면 그만이다. 또 어깨는 좁은 복도를 지나가다 우연히 부딪힌 것이라고 하면 그만이기 때문이다.

또 다른 유형은 남학생이든 여학생이든 줄어들지 않는 뒷담화이다. 특히, 여학생의 경우 얼마 전까지 친했던 친구와 사소한 갈등으로 멀어지면서 쉴 새 없이 험담과 뒷담화로 이어지는 경우가 가장 흔한 일이다. 학교에서는 여학생들의 뒷담화를 처리하기가 쉽지 않다. 학교폭력으로 접수하기에는 아닌 것 같고, 경위서를 받기에는 뚜렷한 증거도 입증하기 쉽지 않을 뿐더러 서로가 피해자라고 주장하니 어렵다. 그렇다고 가만 보고 있을 수도 없고, 모른 척하기에는 아이들이 상처받는 모습이 크기 때문이다.

어쨌든 아이들의 사소한 말다툼과 욕설에도 학교폭력은 성립한다. 학교폭력에서 학생들을 가해자와 피해자로 나누고 처벌하는 방법만이 최우선 과제일까? 누가 봐도 별일 아닌데 학교폭력이라는 법을 만든 어른들의 굴레 속에 결국 가해자라는 오명을 쓰고, 처벌의 수위를 놓고 재심에 행정심판까지 일삼는 잣대 속에 결국 상처받는 것은 어린 학생들이다.

아이들에게도 사회성이 있다. 어린 유치원생 때부터 함께 뛰어 놀며 뒹굴기도 하고 다양한 야외 체험활동을 통해 조금씩 사회에 적응해 나간다. 그들만의 언어가 발달하고, 그들만의 질서 속에 때로는 이성을 느끼며 소통하는 방법을 스스로 깨달으며 그렇게 성장해 나간다.

친구들끼리 싸울 수도 있으며, 친했던 친구와 멀어질 수도 있다. 친구들이 내 맘대로 되지 않을 때도 있으며, 서운할 때도 많다. 친구에게 배신당할 수도 있으며 때로는 내가 배신할 수도 있다. 친구에게 도움을 요청할 수도 있고, 내가 도움을 줄 수도 있다. 때로는 오해할 수도 있고, 오해로 인해 멀어질 수도 있다. 인간이기 때문에 가능한 것이다.

사소한 갈등과 문제를 스스로 해결할 수 있는 능력은 어디서 배울 것인가? 서로를 이해하며 대화로 타협하는 법은 어떻게 배울 것인가? 때로는 용서하고 배려하는 마음은 어디서 배울 것인가? 사소한 일을 학교폭력이나 관련 법으로 꼭 그렇게 해결해야만 하는가? 모든 것을 법으로 해결하려는 부모와 아이들, 그런 아이들이 어른으로 성장한다면 뻔한 결과를 짐작할 수 있다.

나를 먼저 생각하는 이기적인 마음보다 상대를 생각하고 이해하며 배려하는 마음과 긍정적인 사고력을 키워야 하지 않을까? 감사하는 마음, 고마워하는 마음, 잘못을 인정할 줄 알고 '미안합니다'라고 말하는 법부터 배워야 하겠다. 솔직한 자신의 감정을 표현할 수 있으며, 작은 실천이나마 가능한 기본 예절교육이 절실한 때가 된 것 같다.

더 이상 아이들을 법의 굴레에 머물게 해서는 안 된다

        학교폭력 사안이 발생하게 되면 신고자와 가해자 의견 진술서를 작성한다. 목격자가 있으면 목격자 진술서를 받아야 하며, 증거 또한 확보해야 한다. 만약 폭력에 의한 상처 치료가 필요하다면 병원으로 후송해야 하며, 곧바로 양측 보호자에게 사실을 통보해야 한다.

  이때 피해 학생이 즉시 분리 조치를 희망하게 되면 사안 접수일로부터 최소 1시간에서 최대 3일까지 분리할 수 있으나 주말과 공휴일도 일수에 포함된다. 피해 학생이 긴급보호 요청을 하는 경우 학교의 장은 심리상담 및 조언, 일시보호 및 그 밖에 보호를 위하여 필요한 조치를 할 수 있으며 가해 학생에 대한 선도가 긴급하다고 인정될 경우 우선 조치를 취할 수 있다.

  학교는 학교폭력 신고접수 대장에 기록하고 사안 인지 후 48시간 이내 교육청에 보고해야 한다. 학부모는 학교장의 허락 없이 교실에 출입할 수 없으며, 학교를 방문할 경우 반드시 담당자에게 연락하여야 한다. 이때 피해 학생의 보호자가 가해 학생 면담을 원한다면 상대 학부모의 동의하에 그 보호자와 함께 면담할 수 있으나 감정이 격한 상황에서 상대 학생에게 위협적인 언동은 아동학대가 될 수 있으니 신중하게 판단하고 자제해야 한다.

학교폭력 전담 기구에서는 조사한 사안을 기초로 다음 4가지 요건에 대하여 심의하며 요건은 다음과 같다.

첫째: 2주 이상의 신체적·정신적 치료를 요하는 진단서를 발급하지 않은 경우

둘째: 재산상 피해가 없거나 즉각 복구된 경우

셋째: 학교폭력이 지속적이지 않은 경우

넷째: 학교폭력에 대한 신고, 진술, 자료제공 등에 대한 보복행위가 아닌 경우

학교의 장은 위 4가지 요건을 충족하고 신고 학생 및 그 보호자가 학교장의 자체 해결에 동의하면 자체 해결을 할 수 있다. 그러나 학교 내 징계와 조건부 자체 해결은 불가능하다. 따라서 학교의 장은 사안 조사 이후 자체해결 또는 심의위원회 개최 요청을 할 수 있다.

교육청에서는 심의위원회 날짜가 정해지면 양측 부모님에게 참석 통지서를 송부한다. 양측 보호자는 심의위원회 참석 여부를 통지하고 사정상 불참하게 될 경우 전화 진술이 가능하며, 피해 학생역시 심리적 안정이 필요하거나 병원 입원 치료 중이라면 전화 진술이 가능하다. 참고인 자격으로 가해 학생, 피해 학생의 담임교사

및 학교폭력 책임교사 진술이 이루어지며 심의회에서 출결 상황, 교내 선도위원회 징계상황 등 필요한 증빙 서류를 요구하는 경우도 있다.

학교폭력 심의위원회 결과는 다섯 가지 기본 판단 요소에 따라 결정된다. 첫째, 학교폭력의 심각성, 둘째, 학교폭력의 지속성, 셋째, 학교폭력의 고의성, 넷째, 가해 학생의 반성 정도, 다섯째, 화해 정도에 따라 매우 높음에서 높음, 보통, 낮음, 없음으로 점수에 따라 결과가 결정된다.

가해 학생에 대한 징계 수위가 결정되면 가해 학생과 피해 학생 및 학교 측에 결과를 통보하고 학교 측은 결과에 따라 필요한 조치를 취해야 한다. 가해 학생은 결과에 따른 조치를 이행해야 하고 학교폭력 예방법에 따라 조치를 이행하지 않는 경우 추가 조치를 받을 수 있다.

이때 피해 학생 및 가해 학생은 학교폭력 심의위원회 결과 조치에 대해 불복할 경우 교육장의 조치를 받은 날로부터 90일 이내에 행정심판, 행정소송을 제기할 수 있다. 그러나 행정심판, 행정소송을 제기하거나 집행정지 신청을 하였다 하더라도 조치 이행에 영향이 없고, 집행정지 결정이 있어야 조치의 집행이 정지된다. 가해 학생은 학교폭력 심의회 결과 조치에 따른 특별교육은 반드시 이수해야 하며 학교 측은 조치에 따른 결과 보고서를 제출해야 한다.

이 모든 것들은 학교폭력 예방법이 발생하면서 생겨난 절차들로 시작부터 끝까지 명확한 순서를 기억하기조차 쉽지 않다. 법이란 것이 복잡하고 절차를 중요시한다. 학교는 절차가 더 남았다. 학교 폭력 조치 관련 생활기록부 등재와 결과에 따른 졸업 후 즉시 삭제와 2년 뒤 삭제라는 과제가 남는다.

어른들도 잘 모르는 법의 굴레를 아이들이 알고 있을 리 없다. 아이들의 사소한 일에 어른들은 간섭보다 냉철하게 판단하고 용서하며 배려하는 마음을 갖는 것이 절실한 때이다. 더 이상 아이들을 법의 굴레에서 머물게 해서는 안 된다. 아이들의 세상에서 스스로 해결하며 일어서는 방법을 터득하게 하고 교육해야 한다.

기물을 고의로 파손하는 아이들

이상한 심리의 아이들이 종종 있다. 화장실에서 라이터로 문짝에 불을 붙여 문짝을 훼손하는 아이들, 공원에서 잔디에 불을 붙여 불장난하다 갑자기 거센 바람이 불어 순식간에 주변이 화재로 번져 소방차를 출동하게 한 아이들, 담장 없는 빈집에 들어가 뭐든 슬그머니 들고 나오는 아이들, 길 가던 중 멀쩡히 서 있는 자전거나 킥보드를 발로 차 넘어뜨리는 아이들, 공중전화부스에 들어가 유리창을 발로 깨는 아이들, 동네 초등학교에 들어가 그네 줄을 커트 칼로 싹둑 자른 아이들, 주차된 자전거의 중요 부품을 빼가는 아이들. 이 모든 일은 명백한 범죄 행위다. 모두 이해되지 않는 행위들이다.

동네 주변 폐상가 건물이 있었다. 경기가 좋지 않아 오래전에 문을 닫은 곳이었다. 호기심 많은 아이들에게 폐건축물은 놀이터 대상이 되기도 한다. 그런데 심각한 문제가 발생했다. 폐건물에 들어간 초등학교 6학년 여러 아이들이 기물을 파손한 것이다. 이들을 대상으로 건물주는 법정 손해배상 소송을 제기했다.

손해배상 청구액은 자그마치 2억을 넘어 3억에 가까운 금액을 제시했다. 당연히 재판은 오래 끌지 않을 수 없었다. 재판은 어린 미성년자라 촉법소년이라는 점 때문에 난항이 될 것은 뻔한 일이었다.

장기간 경제가 좋지 않으니 상가들이 문 닫는 것도 속상한데 비록 어린 학생들이지만 문 닫은 상가에 몰래 들어와 기물을 파손하니, 건물주들은 얼마나 속상할까? 이해되지 않는 바는 절대 아니다. 건물을 유지하기 위해 전세라도 놓고 싶지만 그렇게 하지 못하는 상황은 얼마나 답답할까 충분히 이해가 된다.

하지만 폐건물에 과연 중요한 물건들이 얼마나 있었을까? 분명 새로 지은 건축물도 아닐 텐데 어린아이들을 대상으로 고액을 청구한다는 것은 지켜보는 것만으로 안타까웠다. 남의 건축물에 들어가 물건을 파손하는 행위는 처벌받아 마땅하지만 어린아이들이 재판 과정에서 오랜 기간 동안 상처받을 생각에 마음이 아플 뿐이다.

초등학교 때 저지른 사건이 재판 과정이 길어 중학생이 되어서도 재판에 출석하다 보니 사건이 알려지고 말았다. 어린아이들의 험난한 재판 과정은 분명 가족들에게도 힘든 시간이 되고 정신적으로도 큰 고통을 안고 있을 것은 뻔한 일이다. 재판 결과 누군가 이겼다 해도 기쁜 일만은 아닐 것이고 만약 패소한다면 그 고통은 고스란히 가족들의 몫이다.

분명 아이들의 잘못은 맞다. 남의 집에 몰래 들어가 물건을 훔치고 부수고 때로는 불장난을 하는 등 도무지 이해할 수 없는 행동들은 처벌받아 마땅하고 어쩌면 심리 치료까지 검토할 수도 있다. 잘못한 일에 대해서는 책임소재가 따르고 그에 대한 처벌도 받아야 한다.

용서를 구하는 것이 아니라 아이들에게 교육적 목적으로 접근할 수 있는 방법은 없을까? 냉철한 판단으로 합의점에 도달하기를 바라는 마음 간절하다.

인사만 잘해도 절반은 성공이다

　　　　　유치원에 다니는 어린이들은 배꼽 인사를 한
다. 아직 여물지 않은 발음이지만 "안녕하떼요~."라며 혀 짧은 목
소리로 또박또박 내뱉는 발음은 마냥 귀엽고 사랑스럽다. 순수하기
그지없던 아이들의 인사기법도 초등과 청소년기를 거치면서 조금
씩 변하기 시작한다.

　　초등학교에 진학하면서부터 배꼽 인사는 자연스레 줄어들기도
하지만 그래도 공손하게 인사를 잘하는 아이들은 명랑하고 밝은 아
이들이 대부분이다. 복도에서 아이들과 마주치면 인사를 아주 예쁘
게 잘한다. 간단한 인사말도 덧붙인다.

　　"선생님, 오늘 입으신 티셔츠 너무 예뻐요."

　　"선생님, 헤어스타일이 너무 예뻐요."

　　"선생님, 제가 사랑하는 거 아시죠?"

　　짓궂은 남학생들도 넉살 좋게 인사를 하며 친근감의 행동적 표
현으로 슬그머니 가볍게 안아주기도 한다. 물론 여학생들은 반가움

에 하이파이브를 하거나 주먹을 쥐고 가볍게 마주치는 정도다. 너무나 반갑게 인사하는 아이들이 예쁘지 않을 수 없다. 덩달아 기분도 좋아진다. 답례로 한두 마디 덕담을 건네면 아이들이 제일 먼저 묻는 말이 있다.

"선생님 제 이름 뭐예요?"

전교생이 많다 보니 이름을 다 익힐 수는 없지만 가급적 이름을 외우려고 노력한다. 아이들이 자신의 이름을 기억하고 다정하게 불러주기를 얼마나 갈망하는지 모른다. 그만큼 관심받고 싶고 사랑받고 싶다는 최고의 표현이다.

아이들은 누군가를 끊임없이 만나고 헤어짐 속에서 사회성을 배우며 자란다. 끝없는 반복 같지만 주고받는 인사는 인간관계를 돈독하게 만드는 결정적 역할이 아닐 수 없다.

인사를 잘하는 아이들은 그렇지 않은 아이들보다 표정부터가 다르다. 원만한 성격을 가졌고 자신을 표현할 줄 아는 아이들이다. 친구를 좋아하며 수다 떠는 분위기를 좋아한다. 선배들이나 후배들에게도 인기가 많은 편이며, 힘든 친구에게 도움을 주기도 하며 체육대회나 축제에도 적극적으로 참여하는 편이다.

인사를 잘 하지 않는 아이들은 먼저 눈을 마주치지 않으려 피한다. 의도적으로 피하는 경우도 있겠지만 고개를 돌리거나 다른 곳으로 시선을 돌려 마주치지 않으려는 의도가 다분히 느껴진다. 자신에 대한 긍정적인 생각보다 부정적 사고가 강한 아이들이다. 어찌 보면 조용한 성격 같지만 어두운 면이 짙은 아이들이다. 소외된 아이들 같기도 하고 모든 일에 자신 없어 한다.

대기업에서 특성화 고등학교 졸업생 대상으로 취업 선발 기준이 달라졌다. 20여 년 전에는 성적이 최우선이었으나 지금은 출결 사항을 확인하고 봉사활동 기록과 독서기록, 생활기록부의 행동 발달사항을 집중적으로 파악한다. 성적보다는 인성을 중요시한다는 것이다.

회사 일은 컴퓨터가 하고 기계가 한다. 그것을 작동하는 것이 사람이다. 활동 부서가 있으며 그곳에는 상사와 동기 그리고 후배들이 존재한다. 기계를 작동하는 것이 중요한 것이 아니라 부서 내의 인간관계를 중요시하는 회사 분위기로 변하고 있다.

작업 능률을 강조하기보다 긍정적인 사고력을 가진 사람을 원한다. "쉽지 않겠지만 어떻게든 해 보겠습니다.", "오늘 저녁 어차피 약속도 없습니다. 저녁에 제가 하겠습니다." 부서 내 분위기를 유머스럽게 주도하며 성실한 사람을 찾는다는 것이다.

아침 등굣길에 학생들도 교문 앞에서 인사를 나눈다. 학생들 복장 단속을 하기도 하지만 아이들과 반갑게 인사를 주고받는다. 아침 인사를 기분 좋게 나누면 아이들도 나도 하루가 즐겁기 때문이다. 인사를 잘하는 사람에게는 화낼 이유도 기분이 나빠질 이유도 없다. 인사를 잘하는 것은 인생 절반의 성공이라는 말이 결코 빈말은 아니다.

말썽꾸러기들과 템플스테이

특성화 고등학교의 말썽꾸러기 유형은 참으로 다양하다. 우선 출결 자체가 힘든 학생들이 많다. 늦은 밤 게임에 중독되어 있는 아이들에게 지각은 기본이고, 기분이 좋지 않으면 결석은 덤이다. 월말이면 담임선생님은 복잡해진 출결 상황을 정확하게 기재하기 위해 신경을 바짝 써야 한다.

쉬는 시간이 되면 화장실은 담배 연기로 가득하고 체육이나 실습실 이동 수업이 있는 날이면 빈 교실에 들어가 남의 지갑에 손을 대는 아이도 있다. 중학생에 비해 고등학생은 절도 수위도 높다. 오토바이 절도, 주차된 차량의 문을 따기도 하고, 빈집을 드나드는 학생도 있다. 오토바이를 타고 몰래 등하교하던 학생은 어느 날 깁스한 모습으로 나타나기도 하고 심할 경우 병원 입원하는 사례도 적지 않다.

수업 중 가끔씩 발생하는 학생들의 선생님에 대한 무례한 행동은 학부모와 상담도 하고 학생을 꾸짖기도 하지만 무엇이 잘못되었는지 설득하고 교육하기란 쉽지 않다. 학교폭력은 정기 행사처럼 발생하고 학교폭력 심의 절차와 조치 결과에 따른 수행과 보고까지 학교는 잠시도 한가한 시간이 없고 바람 잘 날이 없다.

말썽꾸러기 학생들이 학교 선도위원회나 학교폭력 자치위원회에서 징계가 결정되면 사회봉사 조치 명령이 떨어지는 경우가 많다. 교내 봉사는 주어진 시간 내 교내 봉사활동으로 충족할 수 있지만 문제는 사회봉사 활동이다.

지역 내 경찰서, 소방서, 동사무소, 복지센터나 공공기관 등에 의뢰하여 학생들을 보내지만 이틀이 멀다 하고 쫓겨난다. 이유는 간단하다. 출근 시간을 잘 지키지 않으며, 잠시라도 여유를 주면 사라지고 없고, 눈앞에 있더라도 꾸벅꾸벅 졸고 있거나 주변 구석에 숨어 담배를 피우고 있으니 주민들로부터 질타와 민원이 발생한다는 것이다.

말썽꾸러기 학생들을 하루 이틀 데리고 있어 보니 시키는 일에 따르지도 않고, 어쩌다 잘못된 행동을 지적이라도 하면 째려보며 무시하는 태도가 너무나 싫고, 행여 여학생이 함께 있노라면 두 사람의 행위는 눈 뜨고 볼 수 없는 지경이니 봉사활동 자체를 받지 않겠다는 것이다. 입학 때부터 졸업 때까지 3년 동안 데리고 있어야 하는 학교는 어떨까?

큰일 났다. 아이들 사회봉사 활동 이수는 해야겠는데 받아주는 곳이 없으니 그저 답답할 뿐이었다. 그런 와중에 좋은 아이디어가 번뜩 떠올랐다. 사회 봉사활동 대신 부모님과 함께 템플스테이 체험은 어떨까? 오랜만에 부모님과 조용하고 아늑한 사찰에서 밤을 지새우며 많은 대화를 나누기도 하고 사찰의 일부 프로그램에 참여해 스님의 좋은 이야기와 따뜻한 설교를 들으면서 부모님과 좋은 추억을 만든다면 이보다 더 좋은 대체 프로그램은 없을 것이라 확신했다.

주변 사찰을 검색하여 템플스테이가 가능한 두 곳을 찾아냈다. 주중과 주말 사찰 일정에 따라 템플스테이가 가능하나 반드시 부모와 동반해야 한다는 조건이 있었다. 그런데 문제가 생겼다. 자식과 체험할 수 있는 템플스테이 프로그램을 안내하면 학부모님들의 만족도가 엄청 높을 것으로 기대하였으나 한두 분을 제외하고는 회사 일이 바쁘고 주말에도 출근한다는 엉뚱한 이유를 들어 함께할 수 없다는 것이다. 삶이 고달프고 힘든 것은 알겠지만 위기의 자식을 위해 도대체 무엇을 하겠다는 것인지 나로서는 이해되지 않는 부분이었다.

할 수 없이 사찰에 연락하여 가능한 방법을 상담하였다. 보호자가 한 분이라도 동행하면 허락하겠다는 대답에 그렇다면 학생부장인 내가 학생들과 함께 동행하겠다고 뜻을 전하니 기꺼이 허락을 받았다.

열다섯 명이나 되는 대군을 이끌고 1박 2일의 주말 템플스테이에 참여하게 된 첫날, 이런저런 주의사항 중 이곳 사찰은 국보급 문화재가 즐비하니 학생들이 흡연하지 않도록 각별한 주의를 전달받고 남학생과 여학생들의 방을 배정받았다. 물론 국보급 문화재가 즐비한 곳이니 아이들 가방을 친구들끼리 검색하여 양심껏 담배와 라이터를 신고하고 1박 2일의 여정은 시작되었다.

커다란 소나무와 구름 뒤덮인 사찰 건물에 맑은 공기와 새소리, 산속의 아늑함이 아이들의 가슴 깊숙이 파고드는 듯 모처럼 집 떠나 새로운 체험에 싫지 않은 눈치라 다행이다 싶었다. 저녁 식사도 아이들이 좋아할 반찬과 음식들로 준비되어 생각보다 넉넉하고 맛도 괜찮았다. 야간 프로그램도 나름 의미가 있었고, 눈 감은 채 깊은 명상의 시간과 희망 메시지를 카드에 적어 한 가지 소원을 염원하며 자신을 되돌아보는 성찰의 시간을 보내며 참 잘 왔다는 생각이 들었으나 그마저도 오래가지 않았다.

늦은 밤 취침 시간이 되어 아이들이 춥지는 않을지, 이불은 부족함이 없는지 방을 둘러보면서 혹시라도 흡연만은 제발 안 된다며 신신당부하고 불안감과 긴장감으로 그렇게 잠을 청했다. 다음 날 새벽, 우려했던 날벼락이 떨어지고 말았다. 흡연에 대해 그렇게 신신당부했으나 각자의 방에서 아이들의 흡연 흔적들이 발견되고 말았다.

정식 일정은 오전 프로그램을 마치고 점심 식사 후 하산하는 것으로 예정되었으나 아침밥은 줄 테니 식사 후 곧장 하산하라는 명령이었다. 화가 머리끝까지 올랐다. 흡연을 하더라도 흔적 없이 하든가, 자신 없으면 담배를 피우지 않든가. 소지품 검사 결과 담배를 압수하기는 했지만, 그것이 위장용이란 것도 잘 알고 있었지만, 이토록 생각 없는 결과를 초래하리라고는 예상하지 못한 내 잘못이었다. 아니, 그들을 믿은 내가 잘못이었다.

아침밥이 제대로 넘어가기는 했을까? 아침 식사 후 지도 스님에게 인사도 제대로 드리지 못하고 보따리 싸서 쫓겨나는 심정을 어디 가서 하소연할 수 있을까? 그저 죄인처럼 "죄송합니다."라는 말로 인사를 대신하고 그렇게 산을 쫓기듯 내려오고 말았다.

그렇게 또 몇 주가 지났다. 사회봉사를 대체할 프로그램은 템플스테이만 한 것이 없었기에 다시 사찰에 전화를 걸었다. 이번에는 "아이들이 흡연 생각조차 할 수 없도록 엄하게 지도하고 아이들과 같은 방을 쓰고 함께 잠을 자겠습니다."라며 싹싹 빌고 또 빌어 겨우 허락을 받아냈다.

지난번 쫓겨났던 학생들이 절반 포함되어 있었지만 열두 명의 템플스테이 재도전은 별 탈 없이 무사히 마칠 수 있었다. 마지막 날 아이들의 달라진 모습에 지도 스님은 사찰의 유래를 친절히 알려주었고, 신라 불교 최초 도래지까지 직접 승합차로 운전하시며 안내와 설명까지 해주었다.

그 후 한 차례 더 진행된 템플스테이는 별 탈 없이 진행되었고, 직접 아이를 데리고 개별 체험했던 두 명의 부모님들은 자식과 많은 대화는 하지 않지만 서로의 따뜻한 감정과 부자지간의 정을 느낄 수 있어 너무 좋았다며 고마움을 전해왔다.

지금은 성인이 되어 있을 철없던 녀석들이 가끔 생각이 난다. 아이들과 싸우던 그 시절이 그리울 때면 지금도 그 사찰을 찾아 떠나기도 한다.

학교를 떠난 아이들, 지금은 무엇을 하고 있을까

해마다 많은 아이들이 학교를 떠난다. 시골 집에서 소 팔고 논과 밭을 팔아서 자식을 공부시켰던 50여 년 전의 학교를 떠나는 이유와는 너무나 다른 형태를 보인다. 대학을 선택하는 이유가 달라졌고, 선택할 수 있는 전공도 많아졌으며 입학할 수 있는 방법 또한 다양해졌다

중학교야 의무교육이니 문제 될 것이 없겠지만 고등학교는 차원이 다르다. 그렇다고 집에 돈이 많아진 것도 아니고 삶이 나아진 것도 아니다. 특별한 대학에 대한 뚜렷한 목적을 가졌거나 성적이 선두권을 다투지 않는 한, 대학 입시에 목숨을 거는 일은 말리고 싶다. 대학 진학 후에도 내가 특별히 원하는 학교가 있다면 편입학으로 얼마든지 진학의 길을 선택할 수 있고, 진학 폭 또한 넓어졌기 때문이다.

인문계 고등학교보다 특성화 고등학교와 마이스터고에서 자퇴나 퇴학자 수가 많은 것은 부정할 수 없는 현실이다. 순수한 진학과

진로를 위해 고등학교조차 입학하지 않는 경우도 늘어났다.

고등학교에서는 획일화되고 일방적인 교육을 받으며 입시를 위해 수행평가와 내신성적 관리와 수능까지 치러야 한다. 그 과정에서 밤늦도록 야간자율학습에 새벽같이 등교해야 하는 고등학생들의 심리적 부담은 이루 말할 수 없다. 수능 성적표를 받아든 후에도 서울의 명문대 입학 수에 포커스가 맞춰져 있는 현실을 보면 누구를 위한 성적표인지 의심스럽다.

재수와 삼수는 기본이고 한 달에 몇백만 원씩 들여 기숙형 학원에 보내야 하는 현실은 돈의 잣대에 맞춰진 것 같고, 스스로 학교를 벗어나 검정고시를 선택하는 학생은 학교와 사회가 그렇게 만든 것은 아닌지 아쉬움만 남는다.

고등학교 졸업장을 따기 위해 일명 변두리 학교에 진학한 학생들은 사정이 다르다. 중학교 때부터 학교폭력이나 크고 작은 말썽으로 선도위원회에 출석이 잦고 징계 받은 경험이 있는 학생들에게 졸업은 멀게만 느껴지는 것이 현실이다.

고등학교라도 졸업해야 성인이 되어 늦더라도 대학 진학을 고민할 수 있고, 여자 친구를 만나더라도 기본 학력이 필요하다. 그런데 문제는 졸업이 어렵다는 것이다. 따지고 보면 별것도 없는데 말이다. 학교에서 일방적으로 불리하게 적용하는 것도 아니고, 수업 일수를 채우기만 해도 졸업장은 너무나 쉬운데, 그들에게는 그것도 꿈같은 일이다.

아무리 힘들어도 아이를 바로잡고 싶어 하는 담임선생과 그것을 거부하는 아이들과의 신경전도 한몫을 한다. 그것이 지나치면 아이들은 교사의 정당한 지시에도 불응하고 불손한 태도를 보인다. 그러다가 교권 침해로 이어지고, 감정을 주체 못 하는 행동에 따라 징계가 기다리고 있다.

상습 지각에 장기 결석, 교내외 규정 위반으로 징계를 받거나 학교폭력 사건 등 크고 작은 사건에 연루되어 끝없이 말썽을 일으키는 아이들에게도 퇴학과 자퇴라는 굴레가 발목을 잡는다. 자식 이기는 부모 없다고, 이때는 부모의 통제 또한 소용없다.

때로는 감정적으로 학교를 박차고 나가기도 하고, 친구 따라 강남 가듯 학교를 떠나는 학생도 있다. 하지만 더 안타까운 것은 말썽으로 인해 학교를 떠나는 아이들이다. 순간 감정이나 말썽에 의해 학교를 떠난 아이들 95% 이상이 한 달이 채 되지 않아 후회하고 학교를 그리워한다는 것이다.

집에서 가족의 따가운 눈치를 참는 것도 하루 이틀이다. 또 매일 빈둥빈둥 오갈 데 없이 떠도는 것 역시 쉽지 않은 일이다. 갈 곳 없고, 친구들이 학교에 있으니 같이 놀 사람도 없다. 하교 시간에 맞춰 학교 앞에서 수업 마치는 친구들을 기다리는 것이 일상이다.

하루를 하는 일 없이 보내는 자체만으로도 지루함과 무모함은 가득하다. 주머니 사정은 빈곤하여 여자 친구마저 떠나고 없으니 의지할 곳도 없다. 당장 취업하여 큰돈을 벌겠다는 멋진 사업 구상은 모두가 허구다. 동네 편의점에 취업해야 고작 최저시급 받기도 어렵고, 돼지갈비 식당 숯불 요원이나 서빙으로 취업해 늦은 밤까지 고생해도 역시 마찬가지로 최저시급이다.

남 밑에 일하는 것이 싫다며 오토바이를 구입하여 배달을 하는 경우도 적지 않다. 하지만 생계를 위해 일하는 사람과 학교를 떠나 잠시 스쳐가는 돈벌이와는 차이가 너무나 크다. 특히 눈이나 비가 내리는 날이면 서글퍼지고 친구들과 학교는 더욱더 그리워진다. 그나마 오토바이 사고라도 나지 않으면 다행이다.

이쯤 되면 내년에 다시 재입학하여 반드시 학교를 졸업하리라 다짐한다. 그래서 이듬해 학교 문을 두드리지만 한 학기 버티기조차 또 쉽지 않다. 다른 방법도 찾는다. 검정고시를 통해 고졸 자격증을 취득하겠다고 하지만 일반고 학생들에 비하면 기초 학력이 부족해 이 또한 쉽지만은 않다.

가끔 경찰서에서는 학생부장 교사들을 초대하여 좌담회를 열기도 하고 필요한 연수를 개최하기도 한다. 경찰서에서는 아무쪼록 아이들을 내쫓지 말아 달라고 강하게 부탁한다. 학교를 떠나는 아이들의 범죄율이 높다는 것이 이유다. 갈 곳 없고, 의지할 곳 없는 그들은 결국 절도나 폭력, 재범 등으로 경찰서를 다시 찾는다는 것이다.

학교인들 사정이 없겠는가? 학교 교육 과정 운영과 정상 수업, 견학, 체험학습, 진학, 진로 등 학생들의 교육활동 중 말썽꾸러기들의 영향력과 피해를 생각하면 해답을 찾기란 쉽지 않다. 학교를 떠나 방황하는 아이들. 뚜렷한 목적 없이 고등학교 졸업장을 손에 쥐지 못하는 아이들은 군입대도 쉽지 않다.

학교가 전부는 아니겠지만 어디선가 삶에 쫓기는 낯익은 그들을 생각하면 어쩌면 우리 모두의 문제이자 해결해야 할 과제이기도 하다.

대부분의 아이들은 예의 바르고 착하다

지금까지 소개된 사건 사고들은 실제 사건을 소재로 교육적 목적과 학부모의 자녀 교육에 작은 도움이 되고자 서술하였다. 이 책의 내용을 보면 가슴이 답답하고 화가 치밀어 올라 도대체 아이들 교육을 어떻게 해야 할지 막막하게 생각할 수도 있다.

아이들에게 욕설을 듣고 학부모에게 항의 전화를 받는 날은 당장이라도 직장을 때려치우고 싶은 마음이 드는 것은 어쩔 수 없는 감정이다. 흡연과 언어폭력, 음주에 성폭력, 계획적 폭력에 집단 폭행까지, 청소년이 저지른 사건으로 보기에는 이해하기 어려운 일에 마음은 무겁기만 하다.

가정에서 일찌감치 포기한 학생을 마치 학교에서 아이를 망치는 것으로 몰아가기도 하고, 행여 아이들 교육 중 작은 실수라도 하는 날은 어떻게든 꼬투리라도 잡아 법정 소송까지 가게 된다. 그런 날은 세상이 싫어지고 왜 이 직장에 머물고 있는지 나 자신도 이해하지 못한다.

선생님에게 욕설과 폭행으로 다가오는 아이들, 학부모의 시비와 민원은 끊이지 않는다. 교육 현장에서 선생님에 대한 존경심은 바라지도 않고, 존경심을 비치는 학부모도 사라지고 없다. 존경과 믿음이 사라진 사회, 어쩌면 우리 모두의 책임이라 하기에는 왠지 석연치만은 않다. 차라리 수업만 하는 일반 학원 선생님이 부러울 때도 있다.

마치 학교는 문제 학생들로 즐비할 것으로 오해하지 않을까 걱정이 앞서지만, 실제로 그렇지 않다. 대부분 아이들은 착하고 사랑스럽다. 다정하고 애교 넘치는 목소리로 인사하는 아이들, 이름이라도 불러주면 좋아 어쩔 줄 모르는 아이들, 삼삼오오 짝을 지어 선생님을 부르며 달려오는 아이들 속에 파묻혀 수다 떨다 보면 나의 존재감을 느끼는 경우도 많다.

아침 일찍 등교하여 교내 봉사 활동하는 아이들, 주말에는 독거 노인 가정에 도시락 배달과 말동무가 되어주는 아이들, 겨울철 연탄 나르기 자원봉사에 기꺼이 나서는 아이들도 많다. 늦가을 이른 아침 출근하여 낙엽 떨어진 교정을 쓸고 있으면 "선생님, 저도 도와드릴게요."라며 해맑은 웃음으로 다가오는 학생들을 보면 너무나 대견스러워 그날은 온종일 기분이 좋다.

여학생에게 조심스레 장난 걸며 은근히 마음을 표현하는 짓궂은 남학생이나 그런 마음을 알면서도 아닌 척 밀당하고 있는 여학생을 보고 있노라면 나도 저런 시절이 있었을까 싶어 귀엽기만 하다.

사건 사고가 많아 지쳐있을 때 어떤 아이들은 "선생님, 요즘 저희들이 선생님을 많이 힘들게 하죠?"라며 살며시 다가와 위로해 준다. 추운 겨울 아침 학생들 등교 지도를 위해 길거리에 서 있는 선생님에게 다가와 "선생님, 많이 추워요. 이거 드시고 힘내세요." 라며 따뜻한 음료를 건네는 아이들을 보면 축 처진 어깨에 저절로 힘이 솟는다.

조용히 혼자 있는 아이를 괴롭히는 학생들에게 다가가 잘못을 지적하며 약한 아이를 말없이 돕는 아이들, 어려운 가정환경에 부모님이 미안해하실까 내색하지 않고 학교생활에 언제나 해맑은 미소를 띠는 아이들을 보면 개념 없는 어른들보다 기특하고 대견스럽지 않을 수 없다.

공부를 잘하고 못하고는 중요하지 않다. 엄마, 아빠가 좋은 직장 간부라고 자랑할 필요도 없다. 우리 집 재산이 많다고 자랑할 가치도 없다. 수입이 많다며, 뭐든 다 해결할 수 있다고 떠들어 대는 사람을 좋아하고 존경할 사람은 아무도 없다.

세상을 놀라게 하는, 상식으로 이해할 수 없는 수많은 사건 뉴스를 보고 아이들이 물들까 걱정스럽다. 이해와 배려가 작은 실천으로 이어질 때 아이들은 부쩍 성장한다. 작은 고민이라도 털어놓고 문제 해결을 위해 머리를 맞대며 크고 작은 생각을 나눌 수 있는 친구들이 곁에 있어야 하지 않을까?

나의 교직 생활도 얼마 남지 않았다. 아니, 어쩌면 오늘도 정년

퇴직에 앞서 명예퇴직을 희망할지도 모른다. 30년을 훌쩍 넘게 몸담은 교직을 떠난다고 생각하니 새로운 고민거리가 생겼다. 떠나고 나면 더 그립듯이 재잘재잘 떠들어 대는 해맑은 아이들이 몹시 그리울 것 같다.

학교를 떠난 뒤 등하교하는 어린 학생들을 보면 반갑고 귀여운 마음에 그들을 바라보고 서 있는 나를 상상한다. 그런 나를 보고 어쩌면 아이들이 "저 아저씨 이상해요~."라며 놀라지 않을까, 쓸데없는 걱정도 해 본다.

아직은 때 묻지 않은 아이들이다. 그러기에 순수함 가득한 그들만의 세상에서 상처받지 않고 바르게 성장하여 행복한 세상의 주역으로 성장해 주기 바라는 마음 간절하다.

지금도 늦지 않다. 사춘기도 질풍노도의 시기도 걱정할 필요 없다. 미래를 꿈꾸는 세상 모든 아이들은 착하기 때문이다.

학교를 떠나는 선생님

공무원 연금법이 개정되면서 최근 몇 년 사이 명예퇴직 신청자가 부쩍 늘어나는 추세다. 이유는 다양하다. 건강상의 문제, 오랜 학교생활에서 오는 스트레스, 취미활동, 스포츠, 여행 등 동기들이나 친구들이 명퇴 후 자유로운 활동을 즐기는 것을 부러워하며 스스로 떠나는 경우가 많다. 또 승진의 폭이 좁은 교직 사회에서 후배들에게 괜한 민폐가 아닌가 싶어 떠나기도 하며 교사와 학생, 학부모와의 갈등 관계에서 심리적 압박감과 자괴감으로 스스로 명퇴를 신청하는 경우도 많아졌다.

특성화 고등학교에서 함께 근무하던 동료 선생님이 안타까운 퇴직을 했다. 그날은 컴퓨터 관련 교과 수행평가를 치르는 시간이었다. 아이들은 선생님이 제시한 시험 주제로 컴퓨터 실기를 하고 있었다.

한 여학생이 시험을 치다 말고 자리를 이탈해 다른 학생에게 다가가 말을 걸고, 시험 관련 대화를 서슴없이 하는 모습을 보고 제자리 가서 앉아 시험을 치르라고 다소 황당한 표정으로 지적을 했다. 하지만 여학생이 지시에 불만을 품고 선생님을 노려보며 불손한 태도를 보이자 언성이 높아지기 시작했다.

선생님은 수행평가를 공정하게 치러야 할 의무가 있음에도 불구하고 따지며 대드는 여학생에게 몹시 화가 난 것이다. 시험 중 자리를 이탈한 행위보다 선생님에게 눈을 부릅뜨고 대드는 모습에 더욱 화가 나 어깨를 한 차례 때리고 말았다. 여학생은 억울한 듯 더욱 거세게 대들었고 어찌어찌하여 일단락되었다.

다음 날 학교 교장실에 여학생 어머니가 찾아왔다. 그때까지만 해도 학교 분위기는 선생님이 여학생 어깨를 한 차례 때린 것은 잘못된 교육 방법이었지만 중요한 수행평가 중이었고, 다른 아이들의 평가에 방해되었다는 이유 등을 감안해 어머니에게 상황 설명을 하면 이해할 줄 알았다. 그리고 자신의 교육 방법이 잘못되었음을 사과하면 일단락될 것으로 생각했다. 사실은 학생의 어머니가 학교로 찾아올 것이라고는 생각조차 하지 못했다.

하지만 선생님들의 생각은 큰 착각이었다. 우선 선생님이 여학생에게 폭행을 가했고, 어깨를 때리는 과정에서 좌측 가슴이 스쳐 맞았다며 성추행이라 주장했다. 당시 상황을 상세히 말씀드렸으나 과정은 전혀 중요하지 않았으며, 기자를 불러 사실을 언론에 알리겠다며 강하게 항의했다.

수행평가 당일 교실 상황을 학생들에게 조사해 본 결과 어깨를 때린 사실은 백 번 인정되었으나 선생님이 가슴을 때릴 의사도 없었고 실제 때리지도 않았다고 했다. 어머님 주장은 어깨 주변을 때렸으면 가슴은 당연히 충격으로 영향을 받는다는 것이었다. 있지도 않은 사실을 따지는 것만으로도 30년 넘게 지켜온 교단생활에 성추행 교사라는 낙인이 찍혔다. 그 선생님이 감당해야 할 무게와 상실감은 곁에서 지켜보는 동료들에게도 결코 남의 일이 아니었다.

결국 그해 선생님은 곧 있을 딸의 결혼식을 앞두고 모든 것을 내려놓고 쓸쓸한 뒷모습만을 남긴 채 조용히 학교를 떠났다. 더욱 마음이 아팠던 것은 여학생 어머니의 직장이 학교라는 점이다. 그 허탈감은 이루 말할 수 없는 상처로 남았다. 학교에서 일어나는 수많은 사건들을 늘 지켜봤으니 학생들의 성향이나 상황을 익히 잘 아는 분이었을 것이다. 또 자신의 딸이 어떤 성격인지 조금이라도 이해한다면 비록 교사가 잘못한 점이 있더라도 대화로 잘 마무리할 수 있지 않았을까 하는 아쉬움이 남는다.

1학년이었던 여학생은 아무 일 없다는 듯 교실에서 재잘재잘 잘 지냈다. 그러나 졸업할 때까지 그 여학생의 성향을 알고 있던 선생님들은 수업 시간이나 진로지도, 생활지도에서 행여나 충돌이 생기지 않을까 언제나 조심스레 다가갈 수밖에 없었다. 딱히 그 여학생에게 더 친절하거나 더 다정하게 다가갈 수도 없었다. 작은 충돌이라도 발생하는 날은 어떤 고통이 수반될지 모른다는 두려움에 괜한 오해를 사고 싶지 않은 것은 당연한 처사였는지도 모른다. 그렇게 그 여학생은 학교를 졸업하였다.

최근 일선 교육 현장은 교권 추락과 교육 환경 변화에 따른 학생 지도의 어려움을 호소한다. 학생인권조례 제정으로 학생 인권은 강조되고 있는 반면 교권이란 단어가 무색할 정도로 선생님에 대한 존경심은 학생이나 학부모에게서 떠난 지 오래되었다.

피곤한 몸을 이끌고 퇴근하는 시간이면 오늘은 아이들과 학부모와 다툼 없이 하루가 지났음을 다행으로 여기는 날이 최고의 날이 되었다. 교직을 천직으로 생각하고 아이들 곁으로 다가온 선생님들이 슬픈 사연을 안은 채 학교를 떠나는 뒷모습은 어쩌면 곧 다가올 나의 퇴직과 연관될지도 모른다는 생각에 씁쓸하기만 하다.

교권과 교사 인권이 사라지고 있다

가끔 학교에서 일어나는 사건들을 뉴스를 통해 보면 참 서글프고 안타까운 일들이 너무나 많다. 학부모에게 뺨 맞는 선생님, 어린 초등학생에게 매 맞는 선생님, 때로는 학부모에게 꿇어앉아 빌고 있는 모습 등은 교사가 아닌 일반인의 시선에도 분명 기분 좋은 기사는 아니다.

최근 어느 학교 수업 중 수업을 진행하는 여교사의 뒤에 드러누워 핸드폰으로 영상을 촬영하는 모습이 뉴스에서 이슈가 되었다. 그러나 여교사는 그 학생에 대해 어떠한 처벌도 원하지 않는다고 했다.

통계에 따르면 한 해 동안 교사 인권 침해 건은 1,400건이 넘게 발생하였으나 정식으로 고발된 건은 14건에 불과하다고 한다. 실제 신고되지 않은 사건이 더 많은 것은 당연한 일이다. 인권 침해를 당한 선생님은 약 일주일간 병가를 내고 애써 아무 일 없었다는 듯이 출근을 한다. 엄청난 스트레스가 발생하지만 속앓이로 마무리한다는 것이다.

수업 중이나 생활지도 학생들에게 욕설을 듣는 일은 흔한 일이다. 신임 여교사나 경륜이 쌓인 선생님들도 가끔은 수업 후 울면서 교실 밖으로 나온다. 심지어 여교사에게 욕설은 물론 성희롱까지 일삼는 일도 종종 발생한다.

문제는 선생님들이 법적으로 보호받을 수 있는 제도적 기능이 없다는 것이다. 교권보호위원회가 있지만 대부분 선생님들이 스스로 포기하고 만다. 징계가 내려진다 해도 대부분 가벼운 징계뿐이니 학생들이 두려워하지 않으며, 징계 후에도 학생들이 달라질 것이라는 기대감이 전혀 없기 때문이다.

최근 학생들의 인권 문제는 엄청나게 강화되었다. 체벌이 법적으로 금지된 것은 오래전 일이고, 청소 시간에 선생님 책상 아래 작은 쓰레기통 비우기마저 학생들에게 시켜서는 안 된다. 학생 인권 보호에 어긋나기 때문이다.

이제는 작은 심부름 시키는 것도 눈치 보인다. 학생들의 청소 배정도 눈치를 봐야 하고 학생들을 훈계하는 자체도 단어를 잘 선택해야 하는 실정이 되었다. 행여 화가 나 소리라도 지르면 그 말에 꼬리를 물고 난리가 난다. 학생은 자신을 무시하고 자존심 상한다며 난리고, 부모 역시 아이에게 함부로 대한다며 불평이다.

학교 현장의 인성 교육은 점점 현실에서 멀어져만 가고 있다. 학교란 과연 학생들에게 수업만 하는 곳인가? 일반 학원과 다른 점은 학생들의 성적, 인성, 교우관계 등 가정사까지 파악하여 지원이 필요한 가정은 지원의 절차를 거치도록 해야 한다. 만약 어느 학생이 연락 없이 이틀만 결석해도 가정방문을 해야 하고 3일 무단결석이면 경찰에 가출 신고해야 하며, 가정폭력과 성폭력이 감지되면 즉시 경찰에 신고하는 의무도 지닌다. 행여 가정폭력이나 성폭력 사건이 발생하면 학교에서 도대체 뭘 하고 있었냐며 학교나 담임교사는 감당하기 어려운 상황을 맞게 된다.

이제는 학생과 학부모에게 좋지 않은 일로 경찰에 고발당한 사례도 많아 학교를 하루빨리 떠나고 싶어 하는 선생님이 많은 것도 현실이다. 때로는 어린아이들이 선생님에게 막말은 기본이다. 아이들끼리 "어느 선생님이랑 싸웠어. 재수 없어!"라며 스스럼없이 표현한다. 아이들에게 욕먹어도 모른 척, 못 들은 척해야 하고 부모님이 화가 나서 소리 지르면 고분고분 비위를 맞춰야 하며 말꼬리에 사과는 기본이다.

학생부 선생님들은 고충이 더 심하다. 어떤 사건이 발생하여 조사 과정에서 행여나 "이런저런 부분에서 네 잘못이다."라고 표현하면 일방적으로 상대방 편만 든다고 학부모가 가만있지 않는다. 학교폭력 심의 결과에 자신의 아들이 불리하게 판정되면 행정 정지 소송과 재심 청구에 "학교에서 일방적으로 우리 아이를 불리하게 만들었다."며 선생님을 상대로 소송하는 사건도 많다. 그럴 때면 당장이라도 퇴직하고 싶은 마음이 하루 열두 번도 더 생긴다.

군사부일체라, '선생님의 그림자도 밟지 않는다'라는 말은 이제 조선시대 역사 공부하듯 과거 속으로 사라지는 것일까? 존경받지 않아도 되고, 없던 수당이 생기기를 바라지도 않으며, 교사 인권을 위한 법안이 만들어지기를 바라지도 않는다. 다만 학교에서 마음 편하게 아이들과 재잘거리고 떠들며 교육할 수 있는 환경이 만들어지기 바라는 마음뿐이다.

낙동강 자전거 길 389km, 우리들의 도전

　　　　　　어느 작은 도시 특성화고등학교 근무 시절 쉬는 시간이 되면 화장실은 담배 연기로 가득 찼고, 학생들은 무면허 오토바이 운전으로 상처투성이였다. 하교 후 학교 주변 PC방과 동전 노래방은 그들의 놀이터가 되었다. 흡연과 음주, 때로는 학교 폭력으로 해마다 많은 학생들이 자퇴하거나 퇴학으로 학교를 떠났다.

　만사를 귀찮아하던 아이들, 안전모를 쓰지 않고 자전거 타고 역주행 하는 아이들, 브레이크가 없는 자전거를 타는 위험천만한 아이들을 위해 고심 끝에 찾아낸 것이 '테마가 있는 더 넓은 세상 낙동강 천 리 자전거 길'이었다. 말썽꾸러기들과 흡연 학생들을 꼬드겨 주말이면 학교 주변 등산을 시작으로 연극, 영화, 트래킹, 자전거 여행 등으로 조금씩 아이들에게 다가서기 시작했다. 주말을 이용해 학교 인근 칠곡보, 구미보, 도리사, 해평 철새도래지, 다부동 전투 기념관, 성주 육신사, 금오산성과 채미정 답사도 마쳤다.

그렇게 시작된 주말 프로그램 운영은 선생님 권유에 마지못해 참여한 인원이 약속한 인원의 절반 수준도 되지 않았으나, 맛난 점심과 햄버거 등으로 그들을 유인한 결과 아이들의 입소문이 SNS를 통해 친구들에게 전달되면서 참가 인원이 하나둘 늘기 시작했고, 그렇게 낙동강 자전거 문화탐방은 시작되었다.

첫해가 지나고 두 번째 되던 해 아이들에게 재미있는 제안을 했다.

"얘들아, 우리 여름방학 때 낙동강 389km 종주 도전하면 어떨까?"

덩치 큰 3학년 학생이 반문을 한다.

"선생님, 거기는 너무 멀어서 하루 이틀로는 안 됩니다. 한여름에 우린 죽을 수도 있어요. 너무 멀고 힘들고 말도 안 돼요."

"야! 지금부터 주말마다 거리 늘려 연습하면 여름방학 땐 충분해! 우리 단체복도 맞추고 헬멧도 맞추고 뭔가 한 가지 목표를 이뤄 보자! 어때?"

의기소침하던 아이들은 서로 눈치를 보더니 계획은 즉각 실행으로 옮겨졌고, 주말 자전거 탐방은 3개월간 지속되었다. 낙동강 지도를 펼쳐놓고 구체적 계획도 수립하고, 숙소 예약, 맛집 탐방에 문화재 답사 지역을 검색하고, 팀을 이끌 3학년 임시 반장도 뽑았다. 첫날은 낙동강 발원지 안동댐을 출발하여 본교까지, 둘째 날은 구미에서 경남 남지, 마지막 날은 종점 부산 하굿둑까지 약 389km 대장정의 계획이 세워졌다.

다행스럽게도 아이들을 위해 SUV 차량을 운행할 자원봉사 선생님도 세 분이나 자원했고, 첫날 안동과 마지막 도착지 부산에서 돌아올 전세버스도 섭외를 마쳤다. 국토 종주 수첩을 구입하고, '낙동강 389km 우리들의 무모한 도전'이라는 현수막도 준비하니 아이들도 그제야 실감이 나는 듯했다. 무더위와 먼 거리 완주에 대한 걱정과 뿌듯함이 교차하는 듯 긴장감도 감추지 않았다. 이때까지만 해도 앞으로 일어날 일들을 아무도 몰랐다.

드디어 19명의 전사와 함께 결전의 날이 다가왔다. 새벽 출발을 위해 전날 밤 3학년 선배의 권유로 아이들이 학교 인근 찜질방에서 잠을 잔다는 정보는 입수했지만, 선배들에게 주눅이 든 1학년들이 오히려 3학년 선배들과 친해질 기회라 생각하고 모른 척했다.

이른 새벽 자전거를 전세버스에 싣고 교장 선생님의 격려와 부모님들의 응원 속에 낙동강 천 리 길 2박 3일 간의 무모한 도전은 시작되었다. 버스에서 간단히 아침 식사를 해결하며 잠시 잠을 청하니 안동댐 도착, 자전거 안전 점검과 파이팅을 외치며 인증샷도 남겼다. 무더운 날씨에 힘들 것 같은 예감은 있었지만 그래도 낯선 안동 낙동강을 가로지르며 콧노래 부르며 순조롭게 출발하였다.

안동을 벗어난 후 낙동강 둑길이 아닌 일반 국도에 진입하니 시작부터 길고도 높은 언덕을 만나 힘든 여정임을 실감했다. 엄청난 폭염 속에 펼쳐진 낙동강 길, 산을 넘고 논과 들을 지나 생각지도 못한 끝없는 여정에 아이들 표정이 점점 일그러지기 시작했다.

약 두 시간을 달려 첫 휴식지 하회마을 인근에 도착하여 냉수 세례를 받으니 아이들은 물장난에 신이 났다. 아직도 갈 길은 험난한데 마냥 신이 난 장난꾸러기들 마음은 벌써 조급해졌다.

시원한 얼음물과 수박을 챙겨온 보급 차량은 구세주였다. 웬일일까? 8월은 보통 10일이 지나면 무더위가 한풀 꺾이고 아침저녁으로 제법 시원한 바람이 불어 열대야가 사라지는 것이 일반적이었으나, 3일간 낮 기온이 섭씨 40도를 웃도는 사상 초유의 폭염에 뉴스가 연일 쏟아졌다.

점심은 고기를 사주고 싶은 마음에 괜찮은 식당에 가리라 계획하였으나 낙동강 길을 아무리 달려도 식당은 보이질 않고, 뜨거운 불볕 아래 아이들은 서서히 지쳐갔다. 보급 차량에서 지원한 음료와 간식으로 조금씩 배를 채울 뿐이었으나 자전거 길과 자동차도로가 서로 달라 보급차량을 만나는 것도 쉽지 않았다. 식당을 예약하지 않은 것이 가장 큰 실수였다.

엎친 데 덮친 격일까? 든든한 3학년 부장이 작은 돌을 피하지 못하고 넘어져 손목을 다쳤다. 인근 보건소에서 응급 치료를 받았으나 더 이상 종주는 불가능했다. 하지만 차량 탑승으로 나머지 아이들을 위해 봉사하겠다며 기어코 귀가를 거절했다.

무더위에 어지럼증을 호소하는 학생, 허리가 찢어질 듯 고통을 호소하는 학생이 발생하여 난관에 부딪혔다. 전진할 수도 없고, 첫날부터 포기도 할 수 없고, 난관에 부딪쳐 고심 끝에 화물 트럭을 불러 두 학생을 집으로 귀가 조치하였다.

쉽게만 생각했던 무더위 속에 서서히 지쳐가는 아이들에게 왜 식당은 보이지 않는 것인지? 오후 네 시가 넘어 겨우 상주보에 도착하여 점심을 시켰으나 지친 아이들은 아이스크림과 음료수만 마셨고, 나 역시 밥이 넘어가지 않아 시원한 음료수만 찾았다.

아직 본교까지 약 50km를 더 가야 하는데, 천근만근의 몸으로 낙단보를 지나니 서서히 어둠이 깔렸다. 차라리 깜깜한 어둠은 지루함에서 벗어날 수 있어서 좋았다. 더 넓은 세상, 아름다운 우리 국토를 보여 주고 싶었던 것이 나의 욕심이었을까? 후회가 교차했다.

예정 시간보다 두 시간 늦은 밤 11시가 넘어 학교에 도착하니 교장 선생님과 학부모님들이 아이들이 좋아하는 통닭과 피자를 잔뜩 준비하여 늦은 시간까지 기다리고 있었다. 피자와 프라이드치킨에 환장한 아이들이 쳐다보지도 않고 먹지도 못했다.

더위에 지치고 일정에 쫓기고, 사고와 고통을 호소하는 아이들, 내일은 또 어떤 시련이 다가올까? 잠들기 전 세 명의 1학년 학생이 나를 찾아왔다.

"선생님, 너무 힘들어서 저희들은 여기서 그만하겠습니다."

"얘들아, 3일 중 오늘이 가장 거리가 멀고 힘든 코스였어. 내일부터는 거리도 짧고 코스도 쉬워. 함께 끝까지 이겨낼 수 없을까?"

이 사실을 알게 된 3학년 반장이 끝까지 함께하자는 밤샘 설득에 성공하였고, 보급 차량 선생님들은 학생들 옷을 세탁하여 다음 날 입을 수 있게 해주었다. 3학년 반장이 곁에 있어 나 자신에게도 큰 힘이 되었으며, 기꺼이 봉사에 참여해 주신 선생님 모두가 함께

할 수 있어서 힘든 여정이었지만 행복한 밤이었다.

둘째 날 아침, 일부 학부모님들이 생수와 음료를 실어주며 응원을 아끼지 않았고, 학부모 밴드를 통해 실시간 위치와 아이들의 상황을 중계하였다.

"내 아들은 함께 하지 않지만 무더위에 도전하는 너희들이 대견스럽고 자랑스럽다.", "완주를 위해 끝까지 응원하겠다." 학부모 모두의 응원은 큰 힘이 되었다. "우리 아이들이 너무나 자랑스럽다!", "너희들도 할 수 있어, 힘내!", "구미 ○○고 파이팅!" 등 메시지가 북새통을 이루었다. 대구 KBS와 TBC 방송국에서 취재 연락도 받았다. 행운이 아닐 수 없다.

의기양양하게 둘째 날이 시작되었으나 칠곡보 전방 3km 지점에서 1학년 학생이 차량 진입 금지 봉을 미처 발견하지 못하고 뒤따르던 학생과 엉켜 넘어지고 말았다. 부상 정도가 심각하여 119 구급차를 불러 병원으로 이송 후 차량 보급 선생님들에게 상황을 부탁드렸다.

X-ray 판독 결과 우측 어깨 성장판 손상을 입어 수술해야 한다는 연락을 받았다. 어찌 이런 일이…. 우리들의 무모한 도전을 여기서 멈춰야 할 것인지, 계획대로 진행해야 할지, 무더위 속 더 이상 부상자가 발생하지 않는다는 보장도 없었기에 고민과 갈등은 이루 말할 수 없었다.

병원에 입원한 학생 어머니에게 연락했더니 "걱정하지 마시고 우리 아들 몫까지 꼭~ 완주에 성공하세요."라며 오히려 남은 아이들을 걱정하였다. 지금도 어머니에게 고마운 마음과 미안함은 가슴속 깊이 소중하게 간직하고 있다.

방송 취재 기자들도 폭염 속 도전을 하루 종일 따라다니며 인터뷰와 취재에 열을 올렸고, 자동차를 타며 취재하는 기자들도 지쳐 있었다. 끝없는 낙동강 길, 점심 식사 후 오후가 되자 참으로 신기한 일이 나타나기 시작했다.

자전거는 입문용 생활 자전거와 비싼 고급 자전거 등 가격이 다양하다. 3학년들은 비교적 비싼 고급 자전거를 타고 있었고, 저학년들은 가격이 싼 생활 자전거를 타고 있었다. 그런데 선배들이 가벼운 고급 자전거를 후배들에게 내어주고 후배들의 무거운 생활 자전거를 바꿔 타며 달리고 있는 것이 아닌가!

선배들을 두려워하던 아이들이었는데 이틀 사이 이토록 가까워질 수 있단 말인가? 그때의 뭉클한 감동은 아이들에게 표현하지 않았지만 가장 진한 감동으로 남았다.

그렇게 둘째 날은 뜻하지 않은 사고와 늦어진 방송국의 촬영, 창녕을 지나 길을 잘못 들어 약 15km를 헤매는 등 목적지 남지까지 갈 수 없어 급히 숙소를 적포교 주변으로 예약하고 옥탑방을 통째로 얻었다.

사실 둘째 날 저녁에는 아이들에게 배부르도록 고기를 사주기로 약속하였으나 이곳 시골 마을에 전지훈련 중인 모 고등학교 축구 선수들이 다 먹어 치워 고기가 바닥나고 없었다. 늦은 밤 보급 차량 선생님이 거리가 멀어 배달도 되지 않는 인근 읍내까지 가서 치킨을 공수해 왔으니, 그 고마움도 살아가면서 갚아야 할 빚으로 남았다.

이틀 동안 이어진 자전거 도전에 아이들은 어느새 선후배 할 것 없이 밤새 뒤엉켜 장난치며 치킨에 날이 새는 줄도 몰랐다. 보급 차량 선생님께서는 강한 햇볕에 노출된 아이들을 위해 얼굴과 다리에 붙일 팩을 준비해 왔다. 장난치는 아이들, 잠들기 전 아이들에게 팩을 붙여 주시는 선생님, 천사와도 같은 모습들에 '아! 세상을 이렇게 살아야 하는구나' 하는 감동과 고마움 속에 내일의 걱정이 교차하는 밤이었다.

드디어 마지막 날 아침 7시 30분, 기온이 30도를 웃돌았고 뉴스에서는 연일 찜통더위가 최고치를 갈아치웠다며 난리였다. 목적지 부산 하굿둑까지 약 130km 종착점을 향해 부지런히 달려야 했고, 뜨거운 태양은 그날도 우리를 가만두지 않았다. 사진과 동영상으로 실시간 중계가 이어진 학부모 밴드는 연일 뜨거운 반응과 응원들로 가득 찼고, 벌써 더위와 장거리에 적응이 되었는지 불평불만 없이 속도가 나기 시작했다.

아이들과 약속한 대로 삼랑진에서 점심으로 고기를 시켰으나 음식을 기다리는 동안 모두들 잠들고 말았으니 무더위에 지친 그들에게 고기보다 꿀 같은 휴식이 필요했을 듯했다. 끝이 없을 것 같았던 낙동강 물금을 지나 부산 하굿둑까지 지루한 종주는 부산을 향해 서서히 다가가고 있었다.

한여름 밤 갑자기 나타난 멋진 야경을 두고 아이들이 소리를 질렀다.

"야! 다 왔다. 하굿둑이 보인다!"

밤 9시 30분, 드디어 부산 하굿둑 도착! 아이들은 서로 부둥켜안은 채 그동안 힘들었던 여정을 떠올리며 서로에게 격려와 축하를 나누었다. 온갖 포즈와 감격의 세리머니로 기쁨을 나누고는 나에게 다가와 감사의 인사를 전했다.

"선생님 감사합니다. 앞으로 이보다 더 힘든 세상은 없을 것 같습니다. 열심히 살겠습니다."

선배들이 조용히 후배들을 챙겨주었고 서로의 축복 속에서 함께했던 낙동강 종주는 그렇게 막을 내렸다. 만사가 귀찮던 아이들, 졸업이 목표였던 아이들의 뜨거운 태양 아래 무모한 도전은 뉴스를 통해 세상에 알려지면서 KBS 대구 아침마당 프로에 출연하는 영광도 얻었다.

아이들의 미래도 달라졌다. 아이들은 선배들과 쌓은 3일의 우정으로 졸업 후에도 여전히 SNS를 통해 연락을 주고받고 있었고, 단한 명의 낙오자 없이 전원 졸업 후 대학에도 진학하였다. 한 학생은 최전방 군 입대 후 GOP 지원 심사에서 낙동강 종주 사연을 적어 당당히 합격했다며 첫 휴가 때 찾아왔고, 졸업이 목표였던 학생은 해병대 부사관에 당당히 합격하였다며 기쁨을 전해왔다. 부장을 맡았던 학생이 지난해 스승의 날 찾아와 말했다.

"지금부터 10년 뒤 그때 아이들 다시 뭉쳐 낙동강 종주하면 어떨까요? 그때는 나이 드신 선생님을 저희들이 모시고 완주할게요."

솔깃한 제안이었다. 실현 가능성은 없겠지만 생각만으로도 가슴 뭉클해진다. 찜통 무더위 속 함께 고생했던 아이들, 차량 봉사를 자원했던 세 분 선생님의 조건 없는 사랑에 감사드린다. 학교를 떠나면 그들의 모습이 가슴 구석 그립도록 아련할 것 같다.